AF458633

LES MVSES DE LA NOVVELLE FRANCE.

A MONSEIGNEVR LE CHANCELLIER.

Auia Pieridum peragro loca nullius antè
Trita solo ———

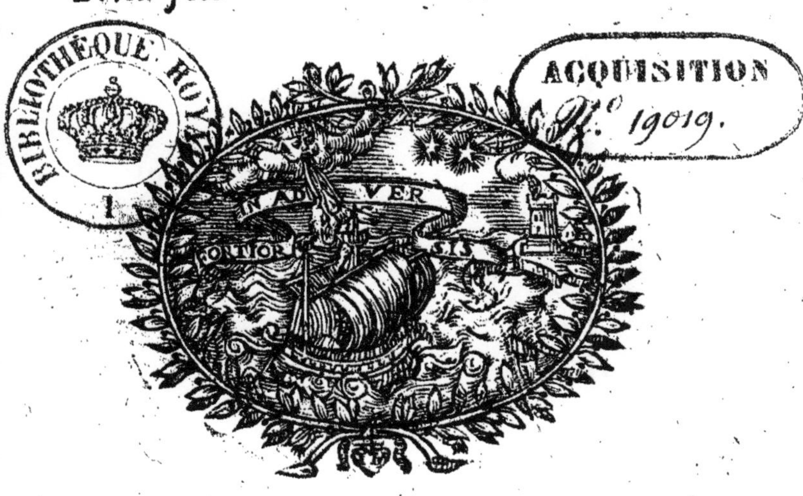

A PARIS

Chez IEAN MILLOT, deuant S. Barthelemy, aux trois Coronnes: Et en ſa boutique ſur les degrez de la grand' ſalle du Palais.

M. DC. XII.

Auec Priuilege du Roy.

A MONSEIGNEVR MESSIRE NICOLAS BRVLART SEIGNEVR de Sillery, Chancellier de France & de Navarre.

ONSEIGNEVR,

LES Muſes de la NOVVELLE-FRANCE ayans paſſé d'vn autre monde à cetui-ci, aujourd'hui ſe preſentent à voz piés en eſperance de recevoir quelque bon accueil de vous, qui eſtant le Pere de celles qui reſident ſur le Parnaſſe de nôtre France Gaulloiſe & Orientale, deſirent auſſi que de cette méme affection vne flamme forte, qui les environne & reçoive en sa tutele. Que si elles sont mal peignées, & rustiquement vetuës; considerez, Monseigneur, le païs d'où elles viennent, inculte, herissé de foréts, & habité de peuples vagabons, vivans de chasse, aymans la guerre, méprisans les delicatesses, non civilisés, & en vn mot qu'on appelle Sauvages: & attribués à la communication qu'elles ont euë avec eux, & aux flots de la mer, leur defaut: ie veux dire, si elles ne sont en si bonne conche & en bon point comme celles qui ont accoutumé de se presenter à vous. Elles sont encore pour le present semblables à ces poissons qui sont appellés Abramides en la Pécherie d'Oppian, lesquels sans demeure certaine changent perpetuellement de place, se trovuans bien en toute ſorte de terre, au cõtraire de pluſieurs qui ne peuvent vivre qu'en vn lieu. Poiſſons vrayment figure du peuple Hebrieu, & de la vie de ce monde, ſoit qu'on les prenne par leur nom, ſoit que l'on conſidere leur façon de vivre, toujours étrangers, conduits par la providence de celui qui les a creés, ainſi que le grand Abraham pere des croyans, duquel non ſans cauſe ilz portent le nom. Mais s'il arrive, Monſeigneur, que par vôtre faveur, aſſiſtance, & ſupport, elles ſoient vn jour arretées és montagnes du Port Royal & ruiſſeaux qui en decoulent, & ayent le moyen de ſe rendre plus civiles, & mieux venantes à la cadence des fredons d'Apollon : ainſi qu'aux premiers temps és ſolennitez publiques & ſainctes on danſoit & chantoit des hymnes & cantiques,

Iuges 21. verſ 19. 21 & 2. Sam. cha. 6.

tant de vive voix, que ſur tous instrumens de Muſique à l'honneur du vray Dieu : De mémes elles feront ſouz vos auſpices maintes fétes ſolennelles, où vôtre nom ſera exalté, & en leurs chanſons rememorez les bien-faits de celui, qui apres avoir bien merité de ſon Roy, de ſa patrie, & de toute la Chrétienté, aura encore pris vn ſoin non indigne d'vn Chancellier de France, qui ſera d'aider à l'etabliſſement des Muſes en la France Nouvelle, tranſ-marine, & Occidentale, pour la converſion des peuples infideles.

Vôtre tres-humble & treſobeiſſant ſerviteur

MARC LESCARBOT
Veruinois.

LES MVSES DE LA NOVVELLE-FRANCE.

AV ROY.

ODE PINDARIQVE presentée à ſa Majeſté en Novembre mil ſix cens ſept.

STROPH. I.

Vers faits au partir du Port Royal pour retourner en France.

EPTVNE, *donne moy des vers*
Propres à reſonner la gloire
Du plus grand Roy que l'Vniuers
Ait produit de longue memoire.
Et puis que ſur tes moites eaux
Tendent leurs ailes noz vaiſſeaux,
Fay qu'auec eux ore ie vole
Cornant ſon renom iuſqu'au pole,
Et que porté d'vn trait leger
Sur l'aile de ta large échine,
Ie l'annonce au peuple étranger
Qui demeure au fond de la Chine.

ANTISTROPH.

Muses pourtant pardonnez moy
Si pour cette heure ie m'addresse
Ailleurs qu'à vous; & si la loy
De vous invoquer ie transgresse.
Ie ne boy ici d'Helicon
Les douces eaux, ni ma chanson
Ne ressent les fleurs qu'on amasse
Au sommet du double Parnasse.
Neptune commande en ce lieu,
C'est a lui qu'il faut que ie rende
Ores mes vœux, & qu'à ce Dieu
De mon chant le ton ie demande.

EPOD.

Car quoy qu'il soit quelquefois
Forcené d'ire & de rage,
Il ayme bien toutefois
Des chansons le doux ramage.
Et de cela soucieux
A ses Syrenes il donne
Mainte chanson qui resonne
D'vn chant fort harmonieux,
Qui par ses douces merveilles
Les peu rusez Nautonniers
Attire par les oreilles,
Et les fait ses prisonniers.

STROPH. 2.

Vive donc mon Prince & mon Roy
Par qui respire nôtre France
Sentant souz le ioug de sa loy
Les doux effects de sa clemence.
Lui qui parmi tant de hazars
Qui l'ont suivi de toutes parts

A veincu l'effort de Fortune,
Laquelle en lui n'a part aucune.
Car sa vertu tant seulement
Du haut des cieux favorisee
A jusques dans le Firmament
Sa Maiesté authorisee.

ANTISTROPH.

Le jour qu'en France commença
A luire sa belle lumiere
Le conseil des Dieux s'amassa
Pour sçavoir de quelle maniere
Ilz pourroient honorer celui
Qui devoit estre vn iour l'appui
De mainte gent abandonnee
A qui du ciel n'est point donnee
La conoissance de son bien
Et de maint peuple & mainte ville
Policee souz le lien
De la societé ciuile.

EPOD.

Mars lui donna sa valeur,
Hercule donna sa force,
Et Iupiter sa terreur,
Qui la force méme force.
Mais Vulcan lui façonna
De fin acier bien trempee
Vne foudroyante epee
Qu'en present il lui donna
Pour en frapper les rebelles,
Et la rogue nation
Qui nous a fait des quereles
Souz feinte religion.

STROPH. 3.

Il n'estoit pas hors le berceau,
Il n'avoit quitté son enfance,
Que son âge plus tendre & beau
S'endurcissoit à la souffrance
Des âpres & dures rigueurs
Des froidures & des chaleurs,
Afin qu'vn iour il peust à l'aise
Supporter de Mars le mesaise,
Puis que son destin estoit tel,
Que parmi les chaudes alarmes
Il devoit se rendre immortel,
Par l'effort de ses fieres armes.

ANTISTROPH.

Qui l'a iamais veu sommeiller,
Ou les mains avoir endormies,
Quand il a fallu chamailler
Dessus les troupes ennemies?
Témoins en sont tant de combats
Où il a cent fois du trépas
Loin repoussé la violence,
De sorte que méme la France,
France nourrice des guerriers
Par ses longs travaux fatiguée
Est le sujet de ses lauriers
Pour s'estre contre lui liguée.

EPOD.

Et apres s'estre soumis
La populace mutine,
Il a fait qu'ores Themis
Seurement par tout chemine
Afin qu'vne ferme paix
Au moyen de la Iustice

En sa maison s'établisse
Qui soit durable à iamais,
Et que toujours souz son aile
Fleurisse la pieté,
Sans qu'oncques elle chancelle
Ni d'vn, ni d'autre côté.

STROPH. 4.

Grand Roy nous te deuons ceci,
Voire mille fois dauantage.
Mais il reste encor vn souci
Digne de ton vieillissant âge,
Afin que la posterité
Entende que ta pieté
N'estoit dedans ta France enclose.
Il faut, grand Roy, faire une chose,
Il faut ores du Tout-puissant
Porter le nom souz ta banniere
Où son Soleil resplendissant
Chacun iour finit sa carriere.

ANTISTROPH.

Aye doncques compassion
De tant de peuples qui perissent
Sans loix & sans Religion,
Et de leur misere gemissent.
Si tu veux, grand Roy, tu les peux
Ioindre avec nous en mémes vœux,
Et faire de tous une Eglise,
Si ta bonté les fauorise.
Mais si ton pouvoir souverain
Ne soutient vn si grand affaire,
Mais si tu retires ta main,
Qui est-ce qui le pourra faire?

EPOD.

C'est, mon Prince, c'est de toy
Qu'vne antique destinee
A prononcé qu'vn grand Roy
Seroit apres mainte annee
Du vieil tige des François,
Qui regiroit en iustice
Par vne saincte police
Conjointe aux divines loix
Les nations infideles
Qui sont encore en maints lieux,
Et par force les rebelles
Conduiroit dedans les cieux.

LESCARBOT.

Voyez les Chapitres 12. & 13. liv. 4. de l'Histoire de la Nouvelle France.

APRES que nous fumes arrivés au Port Royal en la Nouvelle-France le sieur du Pont de Honfleur, qui en estoit parti dés le seziéme de Iuillet, desesperant qu'aucun navire deut arriver de France, pour ce que la saison desja se passoit, ayant rencontré par vn grand heur quelques vns de nos gens (qui à la veuë de la terre du port de Campseau s'estoient mis dans vne chalouppe, & & venoient jusques audit Port Royal suivans la côte) parmi des iles, il tourna le cap à rebours, & nous vint trouver avec beaucoup de rejouïssance d'vne part & d'autre. En fin au bout de trois semaines il nous laissa sa barque & vne patache, & se mit avec quelque cinquãte hommes qu'il avoit, dans nôtre navire qui retournoit en France. Or avant son depart, pour lui dire Adieu ie lui fis ces vers ici parmi le tintamarre d'vn peuple confus qui marteloit de toutes parts pour faire ses logemens, lesquels vers furent depuis imprimez à la Rochelle.

ADIEV AVX FRANCOIS retournans de la Nouvelle-France en la France Gaulloise.

Du 25. d'Aoust 1606.

Llez donques, vogués, ô troupe genereuse,
Qui avez surmonté d'une ame courageuse
Et des vents & des flots les horribles fureurs,
Et de maintes saisons les cruelles rigueurs,
Pour conserver ici de la Françoise gloire
Parmi tant de hazars l'honorable memoire.
Allez donceques, vogués, puißiez vous outre mer
Vn chacun bien-tot voir son Ithaque fumer:
Et puißions nous encor au retour de l'annee
La méme troupe voir par deça retournee.

Fait au Port Royal en la Nouvelle-Frãce.

Fatiguez de travaux vous nous laißés ici
Ayans également l'un de l'autre souci,
Vous, que nous ne soyons saisis de maladies
Qui facent à Pluton offrandes de noz vies:
Nous, qu'un contraire flot, ou un secret rocher
Ne vienne vôtre nef à l'impourveu toucher.
Mais un point entre nous met de la difference,
C'est que vous allez voir les beautez de la France,
Vn royaume enrichi depuis les siecles vieux
De tout ce que le monde a de plus precieux:
Et nous comme perdus parmi la gent Sauvage

Nous avions esté deux mois & demi sur mer.

Demeurons étonnez sur ce marin rivage,
Privez du doux plaisir & du contentement
Que là vous recevrez dés vôtre avenement.
Que di-ie, ie me trompe, en ce lieu solitaire,
L'homme iuste a dequoy à soy-méme complaire,
Et admirer de Dieu la haute Maiesté,
S'il en veut contempler l'agreable beauté.
Car qu'on aille rodant toute la terre ronde,
Et qu'on furette encor tous les cachotz du monde,
On ne trouuera rien si beau, ne si parfait
Que l'aspect de ce lieu ne passe d'vn long trait.
Y desirez-vous voir vne large campagne?
La mer de toutes parts ses moites rives baigne.
Y desirez-vous voir des côtaux àlentour?
C'est ce qui de ce lieu rend plus beau le sejour.
Y voulez-vous avoir le plaisir de la chasse?
Vn monde de forêts de toutes parts l'embrasse.
Voules-vous des oiseaux avoir la venaison?
Par bendes ils y sont chacun en sa saison.
Cherchez-vous changement en vôtre nourriture?
La mer abondamment vous fournit de pâture,
Aymez-vous des ruisseaux le doux gazouillement?
Les côtaux enlaßés en versent largement.
Cherchez-vous le plaisir des verdoyantes iles?
Ce Port en contient deux capables de deux villes.
Aymez-vous d'vn Echo la babillarde voix?
Ici peut vn Echo répondre trente-fois.
Car lors que du Canon le tonnerre y bourdonne
Trente-fois àl'entour le méme coup resonne,
Et semble au tremblement que Megere à l'envers
Soit préte d'écrouler tout ce grand Vnivers.
Aymez-vous voir le cours des rivieres profondes?
Trois rendent à ce lieu le tribut de leurs ondes,

Description du Port Royal.

Dont

Dont l'Equille ayant eu plus de terre en son lot,
Elle se porte aussi d'vn plus orgueilleux flot,
Et préques assourdit de son bruiant orage
Non le Stadisien, mais ce peuple Sauvage.
Bref, contre l'ennemi voulez-vous estre fort?
Ce lieu rien que du Ciel ne redoute l'effort.
Car de deux boulevers Nature a son entree
Si dextrement muni, que toute la contree
Peut à l'abri d'iceux reposer seurement,
Et en toute saison vivre ioyeusement.

Le blé te manque encor, & le f[illegible]t de la vigne
Pour faire ton renom par l'univers insigne.
Mais si le Tout-puissant benit nôtre labeur
En bref tu sentiras la celéste faveur
En ton sein decouler ainsi qu'vne rousée
Qui tombe doucement sur la terre embrasée
Au milieu de l'eté. Que si on n'a encor
De tes veines tiré la riche mine d'or,
L'argent, l'airain, le fer que tes forêts épesses.
Gardent comme en depos sont de belles richesses
Pour le commencement, & peut estre qu'vn iour
Sera la mine d'or découverte à son tour.
Mais c'est ores assez que tu nous puisse rendre
Et du blé & du vin, pour apres entreprendre
Vn vol plus elevé (car le bord de tes eaux
Peut fournir de pature à mille grans troupeaux)
Et des villes batir, des maisons, & bourgades,
Qui servent de retraite aux Françoises peuplades,
Et pour changer les mœurs de cette nation
Qui vit sans Dieu, sans loy, & sans religion.

O trois-fois Tout-puissant, ô grand Dieu que i'adore
Ores que ton Soleil envoye son Aurore
Sur cette terre ici, ne vueilles plus tarder,

Plin liv. 6. cha. 29 dit que le Nil aux Catadupes fait vn si grand saut, que du bruit ceux de Stadisis en perdent l'ouyr.

Au pays des Armouchiquois il y a blés & vignes.

Vueilles d'un œil piteux ce peuple regarder,
Qui languit attendant ta parfaite lumiere
Trop prolongeant, helas! sa divine carriere.

C'est le sieur du Pont de Honfleur.

DV PONT *dont la vertu vole iusques aux cieux*
Pour avoir sceu domter d'un cœur audacieux
En ces difficultés mille maux, mille peines,
Qui pouvoient souz le faix accraventer tes veines,
Ayant esté ici laißé pour conducteur
A ceux-là qui poussez d'une pareille ardeur
Ont außi soutenu en la Nouvelle-France
De leur propre maison la dure & longue absence;
Si-tot que tu verras la face de ton Roy
Di lui que ses ayeuls pour la Chrétienne loy
Ont iadis triomphé dedans la Palestine,
Et courageusement de la gent Sarazine
Repoußé la fureur és Memphitiques bors,
Et pour la méme cause ont exposé leurs corps
Au gré des vents, des flots, d'une maratre terre,
Et au guerrier hazard du sanglant cimeterre:
Qu'ici à peu de frais, sans qu'un robuste bras
Rougisse au sang humain le meurtrier coutelas,
Il se peut acquerir une gloire semblable.
Laquelle à sa grandeur sera plus proufitable

Malebarre est une côte pleine de basses & fort dangereuse.

Allez doncques, vogués, ô genereux François,
Cependant que plus loin vers les Armouchiquois
Les voiles nous tendons, pour outre Mallebarre
Rechercher quelque Port qui nous serve de barre
Soit pour nous opposer à un fort ennemi,
Ou pour y recevoir seurement nôtre ami,
Et la méme éprouver si la Nouvelle-France
A noz travaux rendra selon nôtre esperance.
Neptune, si iamais tu as favorisé

Ceux qui dessus tes eaux leurs vies ont usé;
Vray Neptune, fay nous chacun où il desire
A bon port arriver, afin que ton Empire
Soit par-deça conu en maintes regions,
Et bien-tot frequenté de toutes nations.

LE THEATRE DE NEPTVNE EN LA NOVVELLE-FRANCE.

Representé sur les flots du Port Royal le quatorziéme de Novembre mille six cens six, au retour du Sieur de Poutrincourt du païs des Armouchiquois.

Neptune commence revetu d'vn voile de couleur bleuë, & de brodequins, ayant la chevelure & la barbe longues & chenuës, tenant son Trident en main, assis sur son chariot paré de ses couleurs: ledit chariot trainé sur les ondes par six Tritons jusques à l'abord de la chaloupe où s'estoit mis ledit Sieur de Poutrincourt & ses gens sortant de la barque pour venir à terre. Lors ladite chaloupe accrochee, Neptune commence ainsi.

NEPTVNE.

ARRETE, Sagamos, * *arréte toy ici,*
Et regardes un Dieu qui a de toy souci.
Si tu ne me conois, Saturne fut mon pere,
Ie suis de Iupiter & de Pluton le frere

* C'est un mot de Sauvage, qui signifie Capitaine.

Entre nous trois jadis fut parti l'Vnivers,
Iupiter eut le ciel, Pluton eut les Enfers,
Et moy plus hazardeux eu la mer en partage,
Et le gouvernement de ce moite heritage.
NEPTVNE c'est mon nom, Neptune l'vn des Dieux
Qui a plus de pouvoir souz la voute des cieux.
Si l'homme veut avoir vne heureuse fortune
Il lui faut implorer le secours de Neptune.
Car celui qui chez soy demeure cazanier
Merite seulement le nom de cuisinier.
Ie fay que le Flameng en peu de temps chemine
Aussi-tot que le vent iusques dedans la Chine.
Ie fay que l'homme peut, porté dessus mes eaux,
D'vn autre pole voir les inconuz flambeaux,
Et les bornes franchir de la Zone torride,
Ou bouillonnent les flots de l'element liquide.
Sans moy le Roy François d'vn superbe elephant
N'eust du Persan receu le present triumphant:
Et encores sans moy onc les François gendarmes
Es terres du Levant n'eussent planté leurs armes.
Sans moy le Portugais hazardeux sur mes flots
Sans renom croupiroit dans ses rives enclos,
Et n'auroit enlevé les beautez de l'Aurore
Que le monde insensé folatrement adore.
Bref sans moy le marchant, pilote, marinier
Seroit en sa maison comme dans vn panier
Sans à-peine pouuoir sortir de sa province.
Vn Prince ne pourroit secourir l'autre Prince
Que i'auroy separé de mes profondes eaux.
Et toy même sans moy apres tant d'actes beaux
Que tu as exploités en la Françoise guerre,
N'eusses eu le plaisir d'aborder cette terre.
C'est moy qui sur mon dos ay tes vaisseaux porté

Quand de me visiter tu as eu volonté.
Et nagueres encor c'est moy qui de la Parque
Ay cent fois garenti toy, les tiens, & ta barque.
Ainsi ie veux toujours seconder tes desseins,
Ainsi ie ne veux point que tes effortz soient vains,
Puis que si constamment tu as eu le courage,
De venir de si loin récher cher ce rivage,
Pour établir ici vn Royaume François,
Et y faire garder mes statuts & mes loix.
Par mon sacré Trident, par mon sceptre ie jure
Que de favoriser ton projet i'auray cure,
Et oncques ie n'auray en moy-méme repos
Qu'en tout cet environ ie ne voye mes flots
Ahanner souz le faix de dixmilles navires
Qui facent d'vn clin d'œil tout ce que tu desires.
Va donc heureusement, & poursui ton chemin
Où le sort te conduit : car ie voy le destin
Preparer à la France vn florissant Empire
En ce monde nouveau, qui bien loin fera bruire
Le renom immortel de De Monts & de toy
Souz le regne puissant de HENRY *vôtre Roy.*

Neptune ayant achevé, vne trompete commence à éclater hautement & encourager les Tritons à faire de méme. Ce pendant le sieur de Poutrincourt tenoit son epée en main, laquelle il ne remit point au fourreau jusques à ce que les Tritons eurent prononcé comme s'ensuit.

PREMIER TRITON.

Tu peux (grand Sagamos) *tu peux te dire heureux*
Puis qu'vn Dieu te promet favorable aßistance

En l'affaire importante que d'un cœur vigoureux
Hardi tu entreprens, forçant la violence
D'Æole, qui toujours inconstant & leger,
Tantot adesquidés, † *tantot poußé d'envie,*
Veut te precipiter, & les tiens au danger.
Neptune est un grand Dieu, qui cette jalousie
Fera comme fumee en l'air évanouïr:
Et nous ses postillons, malgré l'effort d'Æole,
Ferons en toutes parts de ton courage ouïr
Le renom, qui des-ja en toutes terres vole.

† *Mot de Sauvage qui signifie Ami.*

DEVXIEME TRITON.

Si Iupiter est Roy és cieux
Pour gouverner ça bas les hommes,
Neptune aussi l'est en ces lieux
Pour méme effect; & nous qui sommes,
Ses suppos, avons grand desir
De voir le temps & la iournee
Qu'ayes de tes travaux plaisir
Apres ta course terminee,
Afin qu'en ces côtes ici
Bien-tot retentisse la gloire
Du puissant Neptune: & qu'ainsi
Tu eternises ta memoires.

TROISIEME TRITON.

France, tu as occasion
De louer la devotion
De tes enfans dont le courage
Se montre plus grand en cet âge
Qu'il ne fit onc és siecles vieux,
Estans ardemment curieux
De faire éclater tes louanges
Iusques aux peuples plus étranges,
Et graver ton los immortel

Méme souz ce monde mortel.
Ayde doncques & favorise
Une si loüable entreprise,
Neptune s'offre à ton secours
Qui les tiens maintiendra toujours
Contre toute l'humaine force,
Si quelqu'un contre toy s'efforce.
„ Il ne faut jamais rejetter
„ Le bien qu'un Dieu nous veut preter

QUATRIEME TRITON.

Celui qui point ne se hazarde
Montre qu'il a l'ame coüarde
Mais celui qui d'un brave cœur
Meprise des flots la fureur
Pour un sujet rempli de gloire
Fait à chacun aisément croire
Que de courage & de vertu,
Il est tout ceint & revetu,
Et qu'il ne veut que le silence
Tienne son nom en oubliance.
Ainsi ton nom (grand Sagamos)
Retentira dessus les flots
D'or-en-vant, quand dessus l'onde
Tu decouvres ce nouveau monde,
Et y plantes le nom François,
Et la Majesté de tes Rois.

CINQUIEME TRITON.

Un Gascon prononça ces vers à peu prés en sa langue.

Sabets aquo que volio diro,
Aqueste Neptune bieillart
L'autre jou faisio del bragart,
Et comme un bergalant se miro.

N'agaires que faisio l'amou,
Et baisavo une jeune hillo
Qu'ero plan polide & gentillo,
Et la cerquavo quadejou.
Bezets, ne vous fizets pas trop
En aquels gens de barbos grisos,
Car en aqueles entreprisos
Els ban lou trot & lou galop.

SIXIEME TRITON.

Vive HENRY *le grand Roy des François*
Qui maintenant fait vivre souz ses loix
Les nations de sa Nouvelle-France,
Et souz lequel nous avons esperance
De voir bien-tot Neptune reveré
Autant ici qu'oncq' il fut honoré
Par ses sujets sur le Gaullois rivage,
Et en tous lieux où le braue courage
De leurs ayeuls jadis les a porté.
Neptune außi fera de son côté
Que leurs neveux s'employans sans feintise
A l'ornement de leur belle entreprise
Tous leurs desseins il favorisera,
Et prosperer sur ses eaux il fera.

Cela fait, Neptune s'équarte vn petit pour faire place à vn canot, dans lequel estoient quatre Sauvages, qui s'approcherent apportans chacun vn present audit sieur de Poutrincourt.

PREMIER SAVVAGE.

Le premier Sauvage offre vn quartier d'Ellan ou Orignac, disant ainsi.

De la part des peuples Sauvages
Qui environnent ces païs
Nous venons rendre les homages
Deuz aux sacrées Fleur-de-lis
Es mains de toy, qui de ton Prince
Representes la Majesté,
Attendans que cette province
Faces florir en pieté,
En mœurs civils, & toute chose
Qui sert à l'établissement
De ce qui est beau, & repose
En un Royal gouvernement.
Sagamos, *si en nos services*
Tu as quelque devotion,
A toy en faisons sacrifices
Et à ta generation.
Noz moyens sont un peu de chasse
Que d'un cœur entier nous t'offrons,
Et vivre toujours en ta grace
C'est tout ce que nous desirons.

DEVXIEME SAVVAGE.

Le deuxiesme Sauvage tenant son arc & sa fleche en main, donne pour son present des peaux de Castors, disant:

Voici la main, l'arc, & la fleche
Qui ont fait la mortele breche
En l'animal de qui la peau
Pourra servir d'un bon manteau
(Grand Sagamos*) à ta hautesse*
Reçoy donc de ma petitesse
Cette offrande qu'à ta grandeur
J'offre du meilleur de mon cœur.

TROISIEME SAVVAGE.

Le troisieme Sauvage offre des *Matachiaz*, c'est à dire, echarpes, & brasselets faits de la main de sa maitresse, disant:

Ce n'est seulement en France
Que commande Cupidon,
Mais en la Nouvelle-France,
Comme entre vous, son brandon
Allume; & de ses flammes
Il rotit noz pauvres ames,
Et fait planter le bourdon.
Ma maitresse ayant nouvelle
Que tu devois arriver,
M'a dit que pour l'amour d'elle
I'eusse à te venir trouver,
Et qu'offrande ie te fisse
De ce petit exercice
Que sa main à sceu ouvrer.
Reçoy doncques d'allegresse
Ce present que ie t'adresse
Tout rempli de gentillesse
Pour l'amour de ma maitresse
Qui est ores en detresse,
Et n'aura point de liesse
Si d'vne prompte vitesse
Ie ne lui di la caresse
Que m'aura fait ta hautesse.

QVATRIEME SAVVAGE

Le quatriéme Sauvage n'ayant heureusement chassé par les bois, se presente avec vn harpon en main, & apres ses excuses faites, dit qu'il s'en va à la péche.

SAGAMOS, pardonne moy
Si ie viens en telle ſorte,
Si me preſentant à toy
Quelque preſent ie n'apporte.
Fortune n'eſt pas toujours
Aux bons chaſſeurs favorable,
C'eſt pourquoy ayant recours
A vn maitre plus traitable,
Apres avoir maintefois
Invoqué cette Fortune
Broſſant par l'epès des bois,
Ie m'en vay ſuivre Neptune,
Que Diane en ſes forêts
Ceux qu'elle voudra careſſe,
Ie n'ay que trop de regrets
D'avoir perdu ma ieuneſſe
A la ſuivre par les vaux,
Avecque mille travaux,
Souz des eſperances vaines.
Maintenant ie m'en vay voir
Par cette côte marine
Si ie pourray point avoir
Dequoy fournir ta cuiſine:
Et cependant ſi tu as
Quelque part en ta chaloupe
*Vn peu de cara conas,**
Fournis-en moy & ma troupe.

*C'eſt du pain.

Apres que Neptune eut eſté remercié par le ſieur de Poutrincourt de ſes offres au bien de la France, les Sauvages le furent ſemblablement de leur bonne volonté & devotion:

& invitez de venir au fort Royal prendre du *caracona*. A l'instāt la troupe de Neptune chante en Musique à quatre parties ce qui s'ensuit.

Vray Neptune donne nous
Contre tes flots asseurance,
Et fay que nous puissions tous
Vn jour nous revoir en France.

La Musique achevee, la trompete sonne derechef, & chacun prenr sa route diversement: les Canons bourdonnent de toutes parts, & semble à ce tōnerre que Proserpine soit en travail d'enfant: ceci causé par la multiplicité des Echoz que les côtaux s'envoient les vns aux autres, lesquels durent plus d'vn quart d'heure.

Le Sieur de Poutrincourt arrivé prés du Fort Royal, vn compagnon de gaillarde humeur qui l'attendoit de pié ferme, dit ce qui s'ensuit.

Apres avoir long temps (Sagamos) *desiré*
Ton retour en ce lieu, en fin le ciel iré
A eu pitié de nous, & nous montrant ta face,
Il nous a fait paroitre vne incroyable grace.
Sus doncques rotisseurs, depensiers, cuisiniers,
Marmitons, patissiers, fricasseurs, taverniers,
Mettez dessus dessouz pots & plats & cuisine,
Qu'on baille à ces gens ci chacun sa quarte pleine.
Ie les voy alterez sicut terra sine aqua.
Garson depeche toy, baille à chacun son K.
Cuisiniers, ces canars sont ils point à la broche?
Qu'on tuë ces poulets, que cette oye on embroche,
Voici venir à nous force bons compagnons

Autant deliberez des dents que des roignons.
Entrez dedans Meßieurs, pour vôtre bien-venuë,
Qu'avant boire chacun hautement éternuë,
A fin de decharger toutes froides humeurs
Et remplir voz cerveaux de plus douces vapeurs.

Ie prie le Lecteur excuser si ces rhimes ne sont si bien rimees que les hommes delicats pourroient desirer. Elles ont esté faites à la hate. Mais neantmoins ie les ay voulu inserer ici, tant pour-ce qu'elles servent à nôtre Histoire, que pour montrer que nous vivions joyeusement. Le surplus de cette action se peut voir à la fin du chap. 16. liv. 4. de mon Histoire de la Nouvelle France,

---

A-DIEU A LA NOUVELLE-FRANCE.

Du 30. Iuillet 1607.

Cet Adieu fut commencé au Port Royal, & continué sur la mer Voy le ch. 17. liv. 4. de mon Histoire de la Nouvelle France.

FAUT-*il abandonner les beautez de ce lieu,*
Et dire au PORT ROYAL *un eternel Adieu?*
Serons-nous donc toujours accusez d'inconstance
En l'établissement d'une Nouvelle-France?
Que nous sert-il d'avoir porté tant de travaux,
Et des flots irritez combattu les assaux,
Si nôtre espoir est vain, & si cette province
Ne flechit souz les loix de HENRY *nôtre Prince?*
Que vous servira-il d'avoir iusques ici
Fait des frais inutils, si vous n'avez fonci
De recuillir le fruit d'une longue depense,
Et l'honneur immortel de vôtre patience?

Ha que i'ay de regrets que vous ne sçauez pas
De cette terre ici les attrayans appas.
Et bien que le Flamen vous ait fait une injure,
L'injure bien souvent se rend avec vsure.
Il faut doncques partir, il faut appareiller,
Et au port Sainct-Malo aller l'ancre mouiller.

PERE DE L'VNIVERS, qui commandes aux ondes,
Et qui peux assecher les mers les plus profondes,
Donne nous de franchir les abymes des eaux
Dont tu as separé tous ces peuples nouueaux
Des peuples baptizés, & sans aucun naufrage
Du royaume François voir bien-tot le rivage.

Voy le chap.3. du liv. 4.

Adieu donc beaux cotaux & montagnes aussi,
Qui d'vn double rempar ceignez ce Port ici.
Adieu vallons herbus que le flot de Neptune
Va baignant largement deux fois à chaque lune,
Pour donner nourriture aux arborés Ellans,
Et autres animaux qui ne sont pas si grans,
Et au gibier aussi, qui pour trouver pâture
Y vient de tous côtez tant qu'il y a verdure.
Adieu mon doux plaisir fonteines & ruisseaux,
Qui les vaux & les monts arrousez de vos eaux.

Dans le Port Royal il y a deux belles iles. Cette ci est celle qui est devant nôtre Fort.

Pourray-ie t'oublier belle ile forétiere
Riche honneur de ce lieu & de cette riviere?
Ie prise de ta sœur les aimables beautés,
Mais ie prise encor plus tes singularités:
Car comme il est séant que celui qui commande
Porte vne Majesté plus auguste & plus grande
Que son inferieur; ainsi pour commander
Tu as le front haussé qui te fait regarder
A l'environ de toy vne ondoyante plaine,
Et la terre alentour sujette à ton domaine

Tes rives sont des rocs, soit pour tes batimens.
Soit pour d'vne cité jetter les fondemens.
Ce sont en autres parts vne menuë arene,
Où mille fois le jour mon esprit se pourmene.
Mais parmi tes beautés j'admire vn ruisselet
Qui foule doucement l'herbage nouvelet
D'vn vallon qui se baisse au creux de ta poitrine,
Precipitant son cours dedans l'onde marine.
Ruisselet qui cent fois de ses eaux m'a tenté,
Sa grace me forçant lui préter le côté.
Ayant dont tout cela, Ile haute & profonde,
Ile digne sejour du plus grand Roy du monde,
Ayant di-ie, cela, qu'est-ce qui te defaut.
A former pardeça la cité qu'il nous faut,
Sinon d'avoir prés soy vn chacun sa mignone
En la sorte que Dieu & l'Eglise l'ordonne?
Car ton terroir est bon & fertile & plaisant,
Et oncques son culteur n'en sera deplaisant.
Nous en pouvons parler, qui de mainte semence
Y jettee, en avons certaine experience.
Que puis-ie dire encor digne de ton beau los?
Adjouteray-ie ici que dedans ton enclos
Se trouvent largement produits par la Nature
Framboises, fraises, pois, sans aucune culture?
Ou bien diray-ie encor tes verdoyans lauriers,
Tes Simples inconus, tes rouges grozeliers?
Non, mais tant seulement sans sortir tes limites,
Ici ie toucheray les nombreux exercices
Des peuples écaillez qui viennent chaque jour,
Suivans le train du flot te donner le bon-jour.

Si-tot que du Printemps la saison renouvelle
L'Eplan vient à foison, qui t'apporte nouvelle
Que Phœbus elevé dessus ton horizon

A chassé loin de toy l'hivernale saison.
Le Haren vient apres avecque telle presse
Que seul il peut remplir vn peuple de richesse.
Mes yeux en sont témoins, & les vostres aussi
Qui de nôtre pature avés eu le souci,
Quand, ailleurs occupez, vôtre main diligente
Ne pouvoit satisfaire à la chasse plaisante
Qu'envoyoit en voz rets l'ecluse d'vn moulin.
Le Bar suit par-apres du Haren le chemin.
Et en vn méme temps la petite Sardine,
La Crappe, & le Houmar, suit la côte marine
Pour vn semblable effect; le Dauphin, l'Eturgeon
Y vient parmi la foule avecque le Saumon,
Csmme font le Turbot, le Pounamou, l'Anguille,
L'Alose, le Fletan, & la Loche, & l'Equille:
Equille qui, petite, as imposé le nom
A ce fleuve de qui ie chante le renom.
Mais ce n'est ici tout, car tu as davantage
De peuples qui te font par chacun iour homage;
Le Colin, le Ioubar, l'Encornet, le Crapau,
Le Marsoin, le Souffleur, l'Oursin le Macreau;
Tu as le Loup-marin, qui en troupe nombreuse
Se veautre au clair du iour sur ta vase bourbeuse;
Tu as le Chien, la Plie, & mille autres poissons
Que ie ne conoy point, de tes eaux nourrissons.
Tairay-ie la Moruë heureusement feconde,
Qui par tout cette mer en toutes parts abonde?
Moruë si tu n'es de ces mets delicats
Dont les hommes frians assaisonnent leurs plats,
Ie diray toutefois que de toy se sustente
Prèque tout l'Vnivers. O que sera contente
Celle personne vn iour, qui à sa porte aura
Ce qu'vn monde eloigné d'elle recherchera!

C'est la riviere de l'Equille, qui se décharge au Port Royal, maintenant dite la riviere du Dauphin. Voy le ch. 3. du liv. 4.

Belle

Belle ile tu as donc à foison cette manne,
Laquelle i'ayme mieux que de la Taprobane
Les beautez que lon feint dignes des bien-heureux
Qui vont buvans des Dieux le Nectar savoureux.
Et pour montrer encor ta puissance supreme,
La Baleine t'honore & te vient elle-méme
Saluer chacun iour, puis l'ebe la conduit
Dans le vague Ocean où elle a son deduit. Voy le ch. 13. liv. 4.
De ceci ie rendray fidele temoignage,
L'ayant veu maintefois voisiner ce rivage,
Et à laise nouer parmi ce port ici.
Mais tous ces animaux, mais tous ces peuples ci
S'écartent quand Phœbus veut approcher la borne
Du celeste manoir, où git le Capricorne,
Et vont chercher l'abri du profond de Thetys,
Ou d'vn terroir plus doux vont suivans le pâtis.
Seulement pres de toy en cette saison dure
La Palourde, la Coque, & la Moule demeure
Pour sustenter celui qui n'aura de saison
(Ou pauvre, ou paresseux) fait aucune moisson,
Tel que ce peuple ici qui n'a cure de chasse
Iusqu'à ce que la faim le contraigne & pourchasse,
Et le temps n'est toujours favorable au chasseur.
Qui ne souhaite point d'vn beau temps la douceur,
Mais vne forte glace, ou des neges profondes,
Quand le Sauvage veut tirer du fond des ondes
L'industrieux Castor (qui sa maison batit
Sur la rive d'vn lac, où il dresse son lict
Vouté d'vne façon aux hommes incroyable,
Et plus que noz palais mille fois admirable,
Y laissant vers le lac vn conduit seulement
Pour s'aller égayer souz l'humide element)
Ou quand il veut quéter parmi les bois le gite

Plin. li. 9. chap. 16. dit que tous poissons sentēt l'hiver.

Il y a encore des Tortues au Port Royal: & des Truites és ruisseaux. On n'a encore reconu les poissons des lacs.

Soit du Royal Ellan, soit du Cerf au pié vite,
Du Lapin, du Renart, du Caribou, de l'Ours,
De l'Ecurieu, du Loutre à la peau-de-velours
Du Porc-epic, du Chat qu'on appelle sauvage,
(Mais qui du Leopart ha plustot le corpsage)
De la Martre au doux poil dont se vétent les Rois,
Ou du Rat porte-muse, tous hótes de ces bois,
Ou de cet animal qui tout chargé de graisse
De hautement grimper ha la subtile addresse,
Sur vn arbre elevé sa loge batissant
Pour decevoir celui qui le va pourchassant,
Et vit par cette ruse en meilleure asseurance
Ne craignant (ce lui semble) aucune violence,
Nibachés *est son nom. Non que sur le printemps*
*Il n'ait * à cette chasse aussi son passe-temps,*
Mais alors du poisson la peche est plus certaine.
Adieu donc ie te dis, ile de beauté pleine,
Et vous oiseaux aussi des eaux & des forêts
Qui serez les témoins de mes tristes regrets.
Car c'est à grand regret, & ie ne le puis taire,
Que ie quitte ce lieu, quoy qu'assez solitaire.
Car c'est à grand regret qu'ores ici ie voy
Ebranlé le sujet d'y enter nôtre Foy,
Et du grand Dieu le nom caché souz le silence,
Qui à ce peuple avoit touché la conscience.
Aigles qui des hauts pins habitez les sommets,
Puis qu'à vous Iupiter a commis ses secrets,
Allez dedans les cieux annoncer cette chose,
Et combien de douleur i'en ay en l'ame enclose,
Puis revenez soudain au Monarque François
Lui dire le decret du puissant Roy des Roys.
Car à lui est du ciel donné cet heritage,
Afin que souz son nom ci-aprés en tout âge

Il y a aussi des Loups au Port Royal que les Sauvages ne mangent point.

** Sçavoir le Sauvage.*

Nous avõs denichez des Aigles au sommet des Pins tres-hauts au Port Royal.

L'Eternel ſoit ici ſainctement adoré,
Et de cent nations ſon grand nom reveré:
Et pour mieux l'émouvoir à cette choſe faire,
Par cent ſortes de biens il l'a voulu attraire,
Ayant à noz labeurs fait ſelon noz deſirs,
Et iceux terminé de dix-milles plaiſirs.
Car la terre ici n'eſt telle qu'un fol l'eſtime,
Elle y eſt plantureuſe à cil qui ſçait l'eſcrime
Du plaiſant jardinage & du labeur des champs.
    Et ſi tu veux encor des oiſeaux les doux chants, Oiſeaux. Voy le [illegible] de la [illegible] commune liv. 6. chap 22.
Elle a le Roßignol, le Merle, la Linote,
Et maint autre inconu, qui plaiſamment gringote
En la jeune ſaiſon. Si tu veux des oiſeaux
Qui ſe vont repaiſſans ſur les rives des eaux,
Elle a le Cormorant, la Mauve, la Marmette,
L'Outarde, le Heron, la Gruë, l'Alouette,
Et l'Oye, & le Canart. Canart de ſix façons,
Dont autant de couleurs ſont autant d'hameçons
Qui raviſſent mes yeux. Deſires-tu encore
De ces oiſeaux chaſſeurs dont le Noble s'honore?
Elle a l'Aigle, le Duc, le Faucon, le Vautour,
Le Sacre, l'Eprevier, l'Emerillon, l'Autour,
Et bref tous les oiſeaux de haute volerie,
Et outre iceux encor une bende infinie
Qui ne nous ſont communs. Mais elle a le Courlis,
L'Aigrette, le Coucou, la Becaſſe, & Mauvis,
La Palombe, le Geay, le Hibou, l'Hirondelle,
Le Ramier, la Verdiere, avec la Tourterelle,
Le Beche-bois huppé, le laſcif Paſſereau,
La Perdris bigarree, & außi le Corbeau.
    Que te diray-ie plus? Quel [illegible] pourra-il croire
Que Dieu méme ait voulu manifeſter ſa gloire
Creant un oiſelet ſemblable au papillon

(Du moins n'excede point la grosseur d'vn grillon)
Portant dessus son dos vn vert-doré plumage,
Et vn teint rouge-blanc au surplus du corps-sage?
Admirable oiselet, pourquoy donc, envieux,
T'es-tu cent-fois rendu invisible à mes ïeux,
Lors que legerement me passant à l'aureille
Tu laissois seulement d'vn doux bruit la merveille?
Ie n'eusse esté cruel à ta rare beauté,
Comme d'autres qui t'ont mortellement traité,
Si tu eusses à moy daigné te venir rendre.
Mais quoy tu n'as voulu à mon desir entendre,
Ie ne lairray pourtant de celebrer ton nom,
Et faire qu'entre nous tu sois de grand renom.
Car ie t'admire autant en cette petitesse
Que ie fay l'Elephant en sa vaste hautesse.
Niridau c'est ton nom que ie ne veux changer
Pour t'en imposer vn qui seroit étranger.
Niridau oiselet delicat de nature,
Qui de l'abeille prent la tendre nourriture
Pillant de noz jardins les odorantes fleurs,
Et des rives des bois les plus rares douceurs,

Mouches luisantes au soir en en Auril, May, & Iuin.

A ces hôtes de l'air pourray-ie sans offense
D'vn petit peuple ailé adjouter l'excellence?
Ce sont Mouches, de qui sur le point de la nuit
La brillante clarté parmi les bois reluit
Voletans ça & là d'vne presse si grande,
Que du ciel etoilé la lumineuse bende
Semble n'avoir en soy plus d'admiration.
Faisant doncques ici commemoration
Des beautez de ce lieu, il est bien raisonnable
Que vous y teniez rang & place conuenable.
Mais puis que ja desja noz voiles sont tendus,
Et allons revoir ceux qui nous cuident perdus,

Ie dis encore Adieu à vous beaux jardinages, Iardins.
Qui nous auez cet an repeu de vos herbages,
Voire außi soulagé nôtre neceßité
Plus que l'art de Pæon n'a fait nôtre santé.
Vous nous avez rendu certes en abondance
Le fruit de noz labeurs selon nôtre semence.
Hé que sera-ce donc s'il arrive iamais
(Ce qu'il est de besoin qu'on face desormais) Voy le ch.
Que la terre ici soit un petit mignardee, 24. liv. 6.
Et par humain travail quelquefois amendee?
Qui croira que le segle, & la chanve, & le pois,
Le chef d'un jeune gars ait surpaßé deux fois? Beauté
Qui croira que le blé que l'on appelle d'Inde de blés.
En cette saison-ci si hautement se guinde,
Qu'il semble estre porté d'insupportable orgueil
Pour se rendre, hautain, aux arbrisseaux pareil?
Ha que ce m'est grand dueil de ne pouvoir attendre
Le fruit qu'en peu de tẽps vous promettiez nous rendre!
Que ce m'est grand émoy de ne voir la saison
Quand ici meuriront la Courge, le Melon,
Et le Cocombre außi: & suis en méme peine
De ne voir point meuri mon Froment, mon Aveine
Et mon Orge & mon Mil, puis que le Souverain
En ce petit travail m'a beni de sa main.
Et toutefois voici de ce mois le trentieme,
Mois qui jadis estoit en ordre le cinquiéme.
Peuples de toutes parts qui estes loin d'ici Voy le ch.
Ne nous emerveillez de cette chose ci, 16. liv. 4.
Et ne nous tenez point comme en region froide;
Ce n'est point ici Flandre, Ecosse, ni Suede,
La mer ici ne gele, & les froides saisons
Ne m'ont oncques forcé d'y garder les tisons.
Et si chez vous l'eté plustot qu'ici commence,

[illegible] ch. *Plustot vous ressentez de l'hiver l'inclemence.*
[illegible] v. 4. *Mais tu restes encor, Poutrincourt, attendant*
Que ta moisson soit préte: & nous nous cependant
Faisons voile à Campseau où t'attent le nauire
Qui de là nous doit tous en la France conduire.
Cependant beaux epics meurissez vitement,
Dieu le Dieu tout-puissant vous doint accroissement,
Afin qu'vn jour ici retentisse sa gloire
Lors que de ses bien-faits nous ferons la memoire.
Entre lesquelz bien-faits nous conterons aussi
Le soin qu'il aura eu de prendre à sa merci
Ces peuples vagabons qu'on appelle Sauvages
Hôtes de ces forêts & des marins rivages,
Et cent peuples encor qui sont de tous côtez
Au Su, à l'Oest, au Nort de pié-ferme arretez,
Qui aiment le travail, qui la terre cultivent,
Et, libres, de ses fruits plus contens que nous vivent,
Mais en ce deplòrable est leur condition,
Que du siecle futur ilz n'ont l'instruction.
  Pourquoy, ô Tout-puissant, pourquoy donc cette race
As-tu jusques ici rejetté de ta face,
Et pourquoy laisses tu devorer à l'enfer.
Tant d'humains qui devroient dessus lui triompher,
Veu qu'ilz sont comme nous ton œuvre & ta facture;
Et ont de toy receu nôtre fraile nature?
Ouvre donc les thresors de tes compaßions,
Et verse dessus eux tes benedictions,
Afin qu'ilz soient bien-tot ton sacré heritage,
Et chantent hautement tes bontés en tout âge.
Si-tot que ton Soleil sur eux éclairera,
Außi-tot cette gent t'adorer on verra.
Tesmoins soient de ceci les propos veritables
Que Poutrincourt tenoit avec ces miserables

Quand il leur enseignoit nôtre Religion,
Et souvent leur montroit l'ardente affection
Qu'il avoit de les voir dedans la bergerie
Que Christ a rachepté par le pris de sa vie.
Eux d'autre part emeus clairement temoignoient
Et de bouche & de cœur le desir qu'ilz avoient
D'estre plus amplement instruits en la doctrine
En laquelle il convient qu'un fidele chemine.
Où estes vous Prelats, que vous n'avez pitié
De ce peuple qui fait du monde la moitié?
Du moins que n'aidez-vous à ceux de qui le zele
Les transporte si loin comme dessus son aile
Pour établir ici de Dieu la saincte loy
Avecque tant de peine, & de soin & d'émoy?
Ce peuple n'est brutal, barbare ni Sauvage,
Si vous n'appellez tels les hommes du vieil âge,
Il est subtile, habile, & plein de jugement,
Et n'en ay conu un manquer d'entendement,
Seulement il demande un pere qui l'enseigne
A cultiver la terre, à façonner la vigne,
A vivre par police, à estre menager,
Ee souz des fermes toicts ci-apres heberger.
Au reste à nôtre égard il est plein d'innocence
Si de son createur il avoit la science.
Que s'il ne le conoit, sa bouche ni son cœur
Ne ravit point à Dieu par blaspheme l'honneur.
Il ne sçait le metier de l'amoureux bruvage,
De l'aconite aussi il ne sçait point l'usage,
Sa bouche ne vomit nos imprecations,
Son esprit ne s'adonne à nos inventions
Pour opprimer autrui, l'avarice cruelle
D'un souci devorant son ame ne bourrelle
Mais il a du Gaullois cette hospitalité

Voy autre exhortatiõ aux Prelats liv. 4. chap. 9.

Qui tant l'a fait priser en son antiquité.
Son vice le plus grand est qu'il aime vengeance
Lors que son ennemi lui a fait quelque offense.
Ie vous di donc Adieu, pauvre peuple, & ne puis
Exprimer la douleur en laquelle ie suis
De vous laisser ainsi sans voir qu'on ait encore
Fait que quelqu'un de vous son Dieu vraymẽt adore.
Sortons donc de ce Port à la faveur de l'Est,
Car en ces côtes ci est ordinaire l'Ouest,
Puis, souvent cette mer est de brumes couverte
Qui des hommes peu cauts cause l'extreme perte.

Issuë du passage que est à l'entree du port.

Adieu pour un dernier Rochers haut elevés,
Qui orgueilleusement voz grottes soulevés,
D'où distillent sans fin des pluies abondantes
Que leur versent les eaux des montagnes coulantes.
Adieu doncques aussi Grottes qui m'auez pleu
Quand souz vótre l'abris au clair du iour i'ay veu
Figurees d'Iris les couleurs agreables.
Ores que nous voyons les flots épouvantables
Du profond Ocean, pourray-ie bien passer
Sans saluer de loin, ou quelque Adieu laisser
A la terre qui a receuë nótre France
Quand elle vint ici faire sa demeurance?
Ile, ie te saluë, ile de Saincte Croix,
Ile premier sejour de noz pauvres François,
Qui souffrirent chez toy des choses vrayment dures,
Mais noz vices souvent nous causent ces injures.
Ie revere pourtant ta freche antiquité
Les Cedres odorans qui sont à ton côté,
Tes Loges, tes Maisons, ton Magazin superbe,
Tes Iardins étouffez parmi la nouvelle herbe:
Mais i'honore sur tout à-cause de noz morts
Le lieu qui sainctement tient en depost leurs corps,

Voy le ch. 6. du liv. 4.

Lequel ie n'ay peu voir sans vn effort de larmes,
Tant mon navré le cœur ces violentes armes.
Soyez doncques en paix, & puissiez vous vn jour.
Vous trouver glorieux au celeste sejour
Mais cependant, DE MONTS, tu emportes la gloire
D'avoir sur mille morts obtenu la victoire,
Témoignage certain de ta grande vertu,
Soit quand tu as des flots la fureur combattu
En venant visiter cette étrange province
Pour suivre le vouloir de HENRY nôtre Prince,
Soit lors que tu voiois mourir devant tes yeux
Ceux-là qui t'ont suivi en ces funestes lieux.

Ie vous laisse bien loin, pepinieres de Mines
Que les rochers massifs logent dedans leurs veines, Voy le ch. 3. liv. 4.
Mines d'airain, de fer, & d'acier, & d'argent,
Et de charbon pierreux, pour saluer la gent
Qui cultive à la main la terre Armouchiquoise.
Ie te saluë donc nation porte-noise
(Car tu as envers nous forfait par trahison)
Pour te dire qu'vn jour nous aurons la raison Voy le ch. 15 liv. 4.
Avecque plus d'effect de ton outrecuidance,
Si qu'entre nous sera maudite ta semence.
Mais ta terre ie veux saluer en tout bien,
Car vn ample rapport elle nous fera bien
Quand elle sentira du François la culture.
Car en elle desja la provide Nature
A le raisin semé si plantureusement,
Et en telle beauté, que Bacchus mémement Voy le ch. 14. liv. 4.
Ne sçauroit invoqué lui faire davantage.
Mais son peuple ignorant ne sçait du fruit l'vsage.
Terre, tu as encor de féves & de blés Voy le ch. de la Terre. 24. liv. 6.
Tes greniers souz-terrains en la moisson comblés.
Mais quoy que de tes biens tu donnes abondance

Produisant d'autres fruits sans l'humaine aßistance
Tels qu'avons veu la Chanve & la Courge & la
Noix,
Tes féves tu ne veux, ni tes blez toutefois
Produire sans travail, mais ta grand' populace
D'vn bois coupant te brise, & en mottes t'amasse,
Pour (sur le renouveau) sa semence y planter.
Mais une chose encor il me faut reciter
Qui pour sa rareté à l'écrire m'oblige,
C'est le fruit que produit de la Chanve la tige,
Fruit digne que les Rois le tiennent precieux
Pour le repos du corps le plus delicieux:
C'est une soye blanche & menuë & subtile
Que la Nature pousse au creux d'une coquille,
Soye qu'en maint vsage employer on pourra,
Et laquelle en cotton l'ouvrier façonnera,
Quand de bons artisans tu seras habitee
Par une volonté de pié-ferme arretee.
Puisse-ie voir bien-tot cette chose arriver,
Et le François soigneux à tes champs cultiver,
Arriere des soucis d'une peineuse vie,
Loin des bruits du commun, & de la piperie.

Cherchant dessus Neptune vn repos sans repos,
I'ay façonné ces vers au branle de ses flots.

M. LESCARBOT.

A MONSIEVR DE MONTS Lieutenant general pour le Roy en la Nouvelle-France.

ODE.

OVT ce que l'homme possede,
Ce qu'il a de riche & beau
Ne trouve point de remede
Pour eviter le tombeau.
La vertu seule immortelle
Constante & ferme en tout temps
Resiste à la mort cruelle
Et à la lime des ans.
Tant de Rois & tant de Princes,
De Heros & de Cesars
Qui ont acquis des provinces
Et thresors en maintes parts
En fin sont proye à la terre,
Et la Vertu seulement
Fait leur nom voler grand erre
Par-dessus le Firmament.
DV MONTS *tu sçais que la vie*
Nous est donnee des cieux
Non pour estre ensevelie
En un corps peu soucieux.
Mais pour estre secourable
A celui qui a besoin
Que quelque Dieu favorable
De son mal-heur prenne soin,

Fait au voyage de l'Autheur à l'ile Sainte Croix.

Et chercher la vraye gloire
Par vn chemin non tenté,
Faisant que nôtre memoire
Vive à l'immortalité.
C'est le desir qui t'enflamme,
Et qui possede ton cœur,
Quand pour eviter le blame
Qui suit l'homme sans honneur,
Tu entreprens vn ouvrage
Tout auguste & glorieux
Si qu'à iamais chacun âge
Aura ton nom precieux,
Car si-tot que de ton Prince
As eu le commandement
Pour conoitre la province
Mise en ton gouvernement,
Ainsi qu'vn Aigle qui vole
D'vn trait leger, tout soudain
Prompt à suivre sa parole,
Tu as pris vn vol hautain.
Et du tempêteux Nerée
Meprisant tous les efforts,
De ta terre desiree
Tu as en fin veu les ports.
Les nations qui n'ont oncques,
Admis la sujetion
A tes mandemens adoncques
Ont fait leur submßion.
Sage, tu leur as fait voir
Les beautez de la justice,
Et ton redouté pouvoir,
Et les biens de la police.
Mêmes tu as fait encore,

Que maint barbare en ces lieux
En son ame Christ adore,
De son salut soucieux.
Arriere d'ici, arriere
Timides & cazaniers,
Qui dedans vôtre barriere
Toujours estes prisonniers.
Vous qui n'avez soin, ni cure
De faire que vôtre nom.
Contre la mort méme dure
En perdurable renom.
De Monts, tu n'es pas de mémes,
Car lors qu'en France de Mars
Ont cessé les stratagemes,
Recherchant d'autres hazars,
Tu as consacré ta vie
A l'Eternel, pour sa loy
Rendre en ces terres suivie
Souz le vouloir de ton Roy.
Mais ce n'est fait qui commence,
Il faut chanter desormais
De Dieu la magnificence
D'vn ton plus haut que jamais.
Neptune te favorise
Et Ceres pareillement,
Afin que ton entreprise
Ait vn meilleur fondement.
Diray-ie que sans culture
Le Pere de Liberté
Laisse produire à Nature
La vigne qu'il a planté?
Non ici, ie le confesse,
Mais en lieu d'vn autre espoir,

Où l'homme à la longue tresse
Ha son sablonneux terroir.
C'est la terre Armouchiquoise,
Qui son gros blé te produit;
Et encore l'Iroquoise,
Qui donne maint autre fruit.
Nôtre France fromenteuse
N'a ses vignes de tout temps.
La peine laborieuse
L'a fait telle avec les ans.
Courage, doncques, courage,
Continue ton dessein,
Ayant ce bel avantage,
Qui de bon espoir est plein.
Le Tout-puissant méme change
Ici les froides saisons,
Et à cette terre étrange
Promet des riches moissons.

A MONSIEVR DE POVTRINCOVRT GRAND Sagamos en la Nouvelle-France,

ODE.

QVOY *que tu n'ailles cherchant*
*(*POVTRINCOVRT*) cette louange*
Qui va mémes allechant
Ceux qui gisent en la fange;
Ton merite toutefois,

Ta pieté, ton courage,
Forcent ma lyre & ma voix
A les chanter sur l'herbage
Que l'Equille de ses eaux,
Ou plustot Neptune arrose,
Tandis qu'au bruit des ruisseaux,
A l'écart ie me repose.

Apres avoir longuement
Comme un athlete Gregeois
Luité courageusement
Parmi les champs des François,
Saoul d'alarmes & combats,
Et des assaux de Bellone,
Ores tu prens tes ébats
Avec Cerés & Pomone.

Et deça delà portés,
Suivans Neptune à la danse,
Tu nous fais voir les beautés
De cette Nouvelle-France.

Qui est celui qui t'a veu
Oncques saisi de paresse?
Qui est cil qui t'a conu
Semblable à cette Noblesse,
Qui met le point de l'honneur
A commander sans prudence,
Et n'avoir par son labeur
D'aucun art l'experience?

Mais l'un & l'autre tu sçais,
Et ta main infatigable
Fait tous les iours des essais
De chose à nous incroyable.

Car de tout art manuel

Eq
Ri
du
F

T'est conuë la pratique,
Et se plait ton naturel
Es ars de Mathematique.
Mémes encore ce Dieu
Qui fredonnant sur sa lyre
Tient des Muses le milieu,
Par toy bien souvent respire
Les secrets de son sçavoir,
Si que tout compris ensemble.
Au monde on ne sçauroit voir
Rien que toy qui te ressemble.
C'est toy qu'il falloit ici
Afin de bien reconoitre
Ce que cette terre ici
Rendroit vn jour à son maitre.
Tu l'as experimenté
Tant que ton ame est contente,
Et de sa fidelité
Tu as vne riche attente.

A MESSIEVRS DE MONTS ET SES LIEVTENANT & Associez.

SONNET

SI les siecles premiers ont celebré la gloire
De celuy qui conquit la Colchide toison:
Si maintenant encor du brave fils d'Æson
Pour peu de chose vit en honneur la memoire:
Nous devons beaucoup mieux celebrer en l'histoire
La generosité non du fils de Iason,

Mais

Mais de vous, ô François, qui en cette saison
D'un plus digne suiet recherchez la victoire.
Le Grec acquit ça bas vn terrestre thresor,
Il avoit des moyens, & des hommes encor,
Tels que les peut avoir entre nous vn grand Prince.
Mais vous à voz dépens, sans recevoir support
Que de l'aveu du Roy, par un nouvel effort
Rauissez, courageux, la celeste province.

AV SIEVR CHAMPLEIN Geographe du Roy.

SONNET.

N *Roy Numidien poussé d'vn beau desir*
Fit iadis rechercher la source de ce fleuve
Qui le peuple d'Egypte & de Libye abbreuve,
Prenant en son pourtrait son vnique plaisir.
CHAMPLEIN, *ja dés long temps ie voy que ton loisir*
S'employe obstinément & sans aucune treuve
A rechercher les flots, qui de la Terre-neuve
Viennent, apres maints sauts, les rivages saisir.
Que si tu viens à chef de ta belle entreprise,
On ne peut estimer combien de gloire vn iour
Acquerras à ton nom que desja chacun prise.
Car d'vn fleuve infini tu cherches l'origine.
Afin qu'à l'auenir y faisant ton sejour
Tu nous faces par là parvenir à la Chine,

ODE EN LA MEMOIRE du Capitaine GOVRGVES Bourdelois.

Voy l'Histoire de la Nouvelle-France liv. I. Ch. XIX. & XX.

GOVRGVES, l'honneur Bourdelois,
Ie veux reveiller ta gloire,
Et faire eclater ma voix
Dans le temple de Memoire,
En racontant ta valeur,
Ta conduite & ta prouëſſe,
Quand, d'un invincible cœur,
Tu mis la main vengereſſe
Sur le ſoldat bazané
Du ſang des François avide,
Qui nous auoit butiné
Les beautez de la Floride.
Si-tot que de noz François
Tu entendis la ruine,
Et que le peuple Iberois
Occupoit la Caroline,
Tu prins reſolution
De venger le grand outrage
Fait à nôtre nation
Par vne Heſpagnole rage.
A tes deſpens tu mis ſus
De bons hommes vne bende
Au combat bien reſolus,
Puis que c'eſt toy qui commande.

Tu ne leur dis à l'abord
Le ſecret de ton affaire,
Comme Capitaine accort,
Qui ſçais bien ce qu'il faut taire.
Mais quand tu te vis porté
Deſſus la terre nouvelle,
Tu leur dis ta volonté
De venger vne querelle,
Querelle qui les François
Et grans & petits regarde,
Et partant qu'à cette fois
Ne faut, d'vne ame coüarde,
Reculer quand la ſaiſon
De bien faire ſe preſente,
Afin d'auoir la raiſon
De l'injure violente
Faite aux premiers conqueſteurs
D'vne terre ſi lointaine
Par des aſſaßinateurs
De race Mahumetaine.
A cets mots encouragés
Ils ſe mettent en bataille,
Et vont en ordre rangés
Droit contre cette canaille.
L'vn & l'autre petit Fort
Ils attaquent de courage,
Et par vn puiſſant effort
Ilz les mettent au pillage.
Mais il n'eſtoit pas aiſé
D'attaquer la Caroline,
Si GOVRGVES *n'euſt aviſé*
Prudemment à ſa ruine.

Car l'adversaire estoit fort
D'hommes, d'armes & de place,
Mais nonobstant prés du Fort
En fin sa troupe s'amasse.

L'Hespagnol estant sorti
Pour lui faire une saillie
Rencontre un mauvais
Qui a sa gent acuillie. parti

CAZENOVE donne à dos
GOVRGVES les rencontre en face,
Qui les font (en peu de mots)
Tous demeurer sur la place.

Le reste tout étonné
La Forteresse abandonne,
Mais las! il est mal mené
N'ayant secours de personne.

Car le Sauvage irrité
Ne lui fait misericorde,
Lequel de sa cruauté
Trop frechement se recorde.

Mais ceux qui tombent és mains
Des François, on les attelle
Aux arbres les plus hautains
Pour y faire sentinelle.

A LA MEMOIRE D'VN Sauvage Floridien qui se proposoit mourir pour les François.

Voy l'Histoire de la Nouvelle-France liv. 1. chap. 20.

OV trouverons-nous vn courage
Semblable à cil de ce Sauvage,
Qui pour ses amis secourir
Vient lui-méme sa vie offrir,
Laquelle il croit devoir épandre
Pour nôtre querele defendre?
Certainement vn homme tel
Doit parmi nous estre immortel.
Et devons louer tout de méme
Le souci qu'il a de sa femme,
Requerant qu'on lui face don
Apres son trépas du guerdon
Que meriteroit sa vaillance
Mourant pour l'honneur de la France.

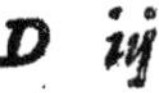

A PIERRE ANGIBAVT dit CHAMP-DORE Capitaine de Marine en la Nouvelle-France.

SONNET.

SI des piletes vieux le renom dure encore
Pour avoir sceu voguer sur vne étroite mer,
Si le monde à present daigne encore estimer
Ariomene, avec Palinure & Pelore;
C'est raison (CHAMP-DORE) que nôtre âge t'honore,
Qui sçais par ta vertu te faire renommer,
Quand ta dexterité empeche d'abimer
La nef qui va souz toy du Ponant à l'Aurore.
Ceux-là du grand Neptune oncques la majesté
Ne virent, ni le fond de son puissant Empire:
Mais dessus l'Ocean journellement porté
Tu fais voir aux Fraçois des païs tout nouveaux,
Afin que là vn iour maint peuple se retire
Faisant les flots gemir souz ses ailez vaisseaux.

Fait au Port Royal en la Nouvelle-France.

LA DEFFAITE DES SAVVAGES ARMOVCHIQVOIS PAR LE SAGAMOS MEMBERTOV & ses alliez Sauvages, en la Nouvelle-France, au mois de Iuillet 1607.

Où se peuvent reconoitre les ruses de guerre desdits Sauvages, leurs actes funebres, les noms de plusieurs d'entre-eux, & la maniere de guerir leurs blessez.

Ie ne chante l'orgueil du geant Briarée, *L'Autheur veut dire que cette histoire n'est point fabuleuse.*
Ni du fier Rodomont la fureur enivrée
Du sang dont il a teint préque tout l'Univers
Ni comme il a forcé les pivots des enfers.
Ie chante Membertou, *& l'heureuse victoire*
Qui lui acquit naguere une immortelle gloire
Quãd il joncha de morts les chãps Armouchiquois
Pour la cause venger du peuple Souriquois.
Entre ces peuples-ci une antique discorde
Fait que bien rarement l'un à l'autre s'accorde,
Et si par fois entre eux se traite quelque paix,
Cette paix se peut dire un attrappe-niais.
„ Car oncques le Renard ne changea sa nature,
„ Et de garder la foy l'homme double n'eut cure.
Ceci n'a pas long temps se conut par effect
Aux depens de celui qui me donne sujet
De dire qui a meu Membertou *& sa suite*
De faire pour sa mort si sanglante poursuite.
Ce fut Panoniac *(car tel estoit son nom)*
Sauvage entre les siens jadis de grand renom. *Sujet de la guerre.*

Cetui cuidant avoir faite bonne alliance
Avecques ces mechans, alloit sans deffiance
Parmi eux conversant : mémes il les aidoit
Bien souvent du plus beau des biens qu'il possedoit.
Mais pour cela la gent à mal faire addonnee.
Sa mauvaise façon n'a point abandonnee.
Car ce Panoniac il n'y a pas dix mois
Les estant allé voir (pour la derniere fois)
Portant en ses vaisseaux marchandises diverses
Pour en accommoder ces nations perverses,
Armouchiquois sont larrons. Eux qui sont de tout temps avides de butin,
Sans aucune merci assomment leur voisin,
Pillent ce qu'il avoit & en font le partage.
Les compagnons du mort se sauvans à la nage
Se cachent pour un temps à l'ombre d'un rocher,
N'osans de ces matins à la chaude approcher.
Car pour en dire vray, la meurtriere cohorte
Estoit contre ceux-ci & trop grande & trop forte.
Mais comme de Phœbus les chevaux harassez
Se furent retirez souz les eaux tout lassez
Ces enragés en fin abandonnans la place
Laisserent la le corps tué a coups de masse,
Lequel à la faveur de la sombreuse nuit
Soudain par ses amis fut enlevé sans bruit,
Et mis, non, comme nous, en depost à la terre,
Les Sauvages cōservent les corps morts. N'en un coffre de bois. ni au creux d'une pierre,
Æins il fut embaumé à la forme des Rois
Que l'Ægypte pieuse embaumoit autrefois.
Le peuple Etechemin de cette mort cruelle
Voy ci-dessus pa. 862. 863. Receut tout le premier la mauvaise nouvelle,
D'où s'ensuivit un dueil si rempli de douleurs
Dueil des Sauvages Que le haut Firmament en ouït les clameurs
(Car lors que cette gent la mort des siens lamente

Le voisinage ensemble à grans cris se tourmente)
Mais ce ne fut ici le braymènt principal,
Car quand ce pauvre corps fut dans le Port Royal
Aux siens representé, Dieu sçait combien de plaintes,
De cris, de hurlemens, de funebres complaintes.
Le ciel en gemissoit, & les prochains côtaux
Sembloient par leurs echoz endurer tous ces maux:
Les épesses forets, & la riviere méme
Témoignoient en avoir une douleur extreme.
Huit jours tant seulement se passerent ainsi
Pour respect du François qui se rit de ceci.

Voy au ch dern. liv. 4. de l'Histoire de la Nouv. France.

Les services rendus à l'ombre vagabonde.
(Qui du lac Stygieux a desja passé l'onde)
Et au corps là present, le Prince Souriquois
Commence à s'écrier d'une effroyable voix:
Quoy doncques, Membertou (dit-il en son langage)
Lairra-il impuni un si vilain outrage?
Quoy doncques Membertou aura-il point raison
De l'excés fait aux siens & méme à sa maison?
Verray-ie point jamais éteinte cette race
Qui des miens & de moy la ruine pourchasse?
Non, non, il ne faut point cette injure souffrir.
Enfans, c'est à ce coup qu'il nous convient mourir,
Ou bien par nôtre bras envoyer dix mille ames
De cette gent maudite aux eternelles flammes.
Nous avons prés de nous des François le support
A qui ces chiens ici ont fait un méme tort.
Cela est resolu, il faut que la campagne
Au sang de ces meurtriers dans peu de tẽps se baigne.
Actaudin mon cher fils, & ton frere puisné
Qui n'avez vôtre pere oncques abandonné,
Il faut ores s'armer de force & de courage,
Sus, allez vitement l'un suivant le rivage,

Exclamation effroyable de Membertou.

Voy l'Histoire de la Nouv. France liv. 4. chap. 15.

D'ici au Cap-Breton, l'autre à travers les bois
Vers les Canadiens, *& les* Galpeïquois,
Et les Etechemins *annoncer cette injure,*
Et dire à nos amis que tous ie les conjure
D'en porter dedans l'ame vn vif ressentiment,
Et pour l'effect de ce qu'ilz s'arment promptemẽt
Et me viennent trouver prés de cette riviere,
Où ilz sçavent que i'ay plantée ma banniere.

Membertou *n'eut plustot à ses gens commandé,*
Que chacun prent sa route où il estoit mandé,
Et fit en peu de temps si bonne diligence,
Qu'il sembla devancer vn postillon de France,
Si bien qu'au renouveau voici de toutes parts
Venir à Membertou *jeunes & vieux soudars*
Tous à ce poussez d'esperances non vaines
Souz l'asseuré guidon des braves Capitaines
Chkoudun, *&* Oagimont, Memembouré, Kichkou,
Messamoet, Ouzagat, *&* Anadabijou,
Medagoet, Oagimech, *& avec eux encore*
Celui qui plus que tous l'Armouchiquois abhorre,
C'est Panoniagués, *qui a occasion*
De procurer mal-heur à cette nation
Pour le dur souvenir de la mort de son frere.
Quand tout fut arrivé, de cette mort amere
Il fallut de nouveau recommencer le dueil,
Et le corps decedé mettre dans le cercueil.
Le barbu Membertou *lors prenant la parole:*
Vous sçavez, ce dit-il, ô peuple benevole,
Le motif qui vous a conduit jusques ici,
C'est ce corps que voyés massacré sans merci,
De qui le sang versé vous demande vengeance.
Sans que par long discours ie vous en face instance.

Chose merveilleuse de faire si lõgs voyages par les bois.

** Il n'y a que les Sagamos qui portent barbe.*

Et comme és siecles vieux quand au peuple Romain
Fut montré de Caesar* le massacre inhumain,
Tout à l'instant émeu d'une ardente colere
Il voulut reparer ce cruel vitupere
Contre les assaßins (ainsi que i'ay appris
Qu'il est mentionné és anciens écrits)
Ainsi vous devez tous à ce spectacle étrange
Estre émeus du desir de garder la loüange.
Que nos antecesseurs nous ont mis en depos,
Et par laquelle ilz sont maintenant en repos,
N'ayans point estimé estre dignes de vivre.
Sans de leurs ennemis les injures poursuivre.

** Mẽbertou pouvoit avoir oui cela de nous.*

A ces mots un chacun au combat animé
Sent un feu de vengeance en son cœur allumé,
Et eussent volontiers contre cette canaille,
(S'il y eust eu moyen) lors donné la bataille,
Mais il falloit premier le corps ensevelir,
Et du dernier devoir les œuvres accomplir.

Effect de la harangue.

Cette grand' troupe donc de doulcur affollée
A conduit le corps mort dedans son Mausolée,
En faisant sacrifice à Vulcan de ses biens
Masse, arcs, fleches, carquois, petun, couteaux & chiẽs,
Matachiaz außi, & la pelleterie
Que d'epargne il avoit quand il perdit la vie.
Mais quant aux aßistans, chacun à son pouvoir
Lui fit, devotieux l'accoutumé devoir.
Qui donne des Castors, qui des couteaux, des roses,
Armes, Matachiaz, & maintes autres choses.
Puis ferment le sepulchre, & laissent reposer
Celui duquel ilz vont la querelle épouser.

Funerailles.

Matachiæ ce sont brasselets, carquans, & ioyaux.

Presens faits aux morts.

Le ciel qui bien-souvent les mal-heurs nous presage,
Auoit auparavant par un triste presage,
Témoigné les effects de cette guerre ici,

Presages.

Car ayant un long temps refrongné son sourci,
Il fit voir maintefois des torches allumées,
Des lances, des dragons, des flambantes armées.
Ainsi s'en va la flotte avec intention
De veincre, ou de mourir à cette occasion,
Laissans de leurs enfans & femmes la tutele
A nous, qui en avons rendu conte fidele.

Armouchiquois aux alarmes.

Quand des Armouchiquois les rives ils ont veu
Ce peuple deffiant les a tot reconu.
Soudain les messagers volent par la campagne,
Et sonnent du cornet sur chacune montagne
Pour le monde avertir d'estre au guet, & veiller
Avant que l'ennemi les vienne reveiller.
Peuples de tous côtez à grand' troupes s'amassent
Tant qu'en nombre les flots de la mer ilz surpassent.
Mais pourtant Membertou ne s'epouvante point
Car il sçait le moyen de prendre bien à point
L'ennemi, qui tout fier, voyant son petit nombre,
Se promet l'enlever si-tot que la nuit sombre
Aura dessus la terre étendu son rideau.

Voy l'endroit de ce Port en la Charthe geographique.

Membertou cependant approche son vaisseau
Du port de Choüacoet, où la troupe adversaire
L'attendoit de pié-quoy, pour sçavoir quelle affaire
Vers eux le conduisoit: mais il avoit laißé
Ses gens derriere un roc, & s'estoit avancé,
Afin de reconoitre & le port & la terre
Qu'il vouloit ruiner par l'effort de la guerre.

Pourparler entre deux ennemis.

He, he, ce fut le cri duquel il appella
Tout ce peuple attentif qui ferme attendoit là
Yo, yo, fut répondu. Puis apres il demande
S'il pourroit seurement & sa petite bende
Traiter avecques eux, & amiablement
Vuider le different qui a si longuement

L'un & l'autre troublé & reduit en ruine
Tandis que l'appetit de vengeance les mine
Et leur mange le cœur. Eux cuidans attrapper
Celui qui plus fin qu'eux les venoit entrapper, Reponse des Armouchiquois.
Disent que librement de la rive il s'approche,
Et ses gens qu'il avoit laißé devers la roche,
Qu'ilz n'ont plus grand desir que de voir une paix
Solidement entre eux établie à jamais,
Afin qu'eux qui des Francs ont bonne conoissance
Leur facent part des biens dont ils ont abondance,
Et se puissent ainsi l'un l'autre secourir
Sans plus d'orenavant l'un sur l'autre courir
Membertou *reçoit l'offre, & quant & quãt otage,* Acceptation d'offres.
Envoyant un des siens par échange au rivage,
Puis recule en arriere, & va ses gens revoir,
Qu'il trouve grandement desireux de sçavoir
En quelle volonté ces peuples ci estoient,
Et si à quelque paix encliner ilz sembloient.
Le Prince Souriquois *ses suppots abordant*
D'un visage joyeux il les va regardant,
Disant, Ilz sont à nous: la farce s'en va faite,
C'est demain qu'il faut voir cette troupe defaite:
Et leur conte amplement ce qui s'estoit paßé,
Et comment ilz s'estoient l'un l'autre careßé.
Au surplus (ce dit-il) pensons de les surprendre, Conseil pour surprendre l'ennemi.
Et en ce fait ici gardons de nous meprendre.
Quand nous sommes partis le conseil a esté
De leur faire present des biens qu'avons porté,
Et avec eux troquer de nótre marchandise
A fin que l'homme feint soit pris en sa feintise.
Nous irons donc par mer la moitié seulement:
Le surplus en deux parts ira secretement
Rengeant le long du bois en bonne sentinelle
Tant que , le temps venu, ma trompe les appelle:

Lors ils viendront charger, & nous seconderont,
Et tant que durera le jour ilz frapperont,
Sans merci, sans faveur, & sans misericorde,
Afin qu'ici de nous long temps on se recorde.
Outre nôtre querele il y a du butin,
Ils ont du blé, des noix, de la vigne & du lin, Fruits de la terre Armouchiquoise.
Tous ces biens sont à nous si nous avons courage,
Et si voulons auoir leurs femmes au pillage
Nous les aurons außi. Il estoit nuit encor
Et le clair ciel estoit tout brillant de clous d'or,
Quand Membertou (de qui l'esprit point ne repose)
A prendre son quartier tout son peuple dispose,
Et ceux-là qu'il conoit à la course legers
Il les fait essayer les terrestres dangers.
Ainsi Memembourré dispos à la poursuite Dispositiō pour attaquer l'ennemi.
Est fait le general d'une trouue d'elite,
Medagoet d'autre part hardi aux grans exploits
Choisit de tout le camp les plus forts & adroits.
Mais le grand Sagamos † pour tendre sa banniere † Capitaine, Duc, Roy.
Attendit que l'Aurore eust épars sa lumiere
En tout son horizon: & lors que le Soleil
Eut esté reconduit au lieu de son reveil
Il met la voile au vent, tirant droit à la place
Où desja l'attendoit cette grand' populace,
Où estant arrivé, partie de ses gens
A descendre apres luy se monstrent diligens.
Il saluë les chefs de cette compagnie,
Entre autres Olmechin, Marchin, & leur mesgnie.
Puis offre les presens dont i'ay fait mention, Mauuais appas.
C'estoiët robbes, chappeaux, & chausses, & chemises.
Mais quand il fallut voir les autres marchandises,
Parmi les fers pointus, poignars, & coutelas,
Des trompes y avoit, dont on ne sçavoit pas

L'usage, ni la fin du mal qu'elles couvoient.
Les autres cependant dans le bois attendoient
Soigneusement l'appel qui avoit esté dit,
Quand Membertou voulant etaller son credit,
Il convoque ce peuple embouchant une trompe,
Et trompant, les trompeurs trompeusement il trompe.
Car tout en un instant lui qui n'avoit point d'armes
Oyant les siens venir feignit estre aux alarmes,
Et se trouvant garni de masses, & poignars,
D'arcs, flesches, coutelas, de picques & de dars,
Il en saisit ses gens, & chacun d'eux commence
Sur l'heure à chamailler sans grande resistence.
Ils en font grand massacre, & cependant du bois
Arrive le surplus criant à haute voix,
He, he, ouKchegouïa, & parmi la melée
Se voit incontinent cette troupe melée.
L'Armouchiquois voyant que de lui c'estoit fait
S'il ne remedioit promptement à son fait,
A ce dernier besoin pense de se defendre
Plustot qu'à la merci de ceux icy se rendre.
Ils estoient la plupart ia de couteaux armez
Que de porter au col ilz sont accoutumez,
Mais ces armes bien peu leur servirent à l'heure.
Car Membertou muni d'une armure plus seure,
D'un bouclier de bois dur, & d'un bon coutelas,
Ainsi que le trenchant d'une faux met à bas
L'honneur des beaux épics: son epée de méme
Moissonnoit lennemi d'une rigueur extreme.
Les autres transportez de pareille fureur.
Suivans le train du chef, ne mãquent point de cœur,
Mais rendans des grans cris & voix épouvantables,
Tuent comme fourmis ces pauvres miserables,

Ruse de Membertou.

C'est, comme qui diroit Où est-ce

Sauvages portent un couteau pendu au col.

Comparaison.

Fuite des Armouchiquois.

Desquels lors c'estoit fait s'ilz n'eussent eu recours
Au bien qui vient parfois de tourner à rebours.
Ce peuple de tout temps amateur du pillage
Cuidoit sur Membertou *avoir tel avantage,*

Ruse d'iceux.

Que d'armes pour cette heure il ne leur fût besoin;
Neantmoins en tous cas ilz avoient eu le soin
D'en faire vn magazin au fond d'une vallee,
Où la troupe fuiarde en fin s'en est allee.
Là chacun se fournir d'arcs, fleches, & carquois,
De picques, de boucliers, & de masses de bois.
Là de tourner visage, & d'une face irée
Charger sur Membertou *& sa gente enivrée*

Nouveau combat.

Du sang Armouchiquois. *A ce nouvel effort*
Fut Panonia *ués au danger de la mort*
Bleßé d'vn javelot environ la poitrine.
Chkoudun *le courageux, y receut sur l'echine*
Vn coup qui l'atterra, & se vit en danger
(L'ennemi gaignant pié) de jamais n'en bouger.
Mais le fort Chkoudumech' *son frere, de sa masse*
Fendant la presse, fit bien-tot se faire place
Pour le tirer de là: mais il y fut feru
D'un coup que lui chargea de toute sa vertu
Le cruel Olmelchin. Mnesinou *(dont la gloire*
Par toute cette cotte est en tous lieux notoire)
Comme le plus hardi, s'efforce de son dard
Transpercer Membertou *de l'vne à l'autre par:*
Mais le coup gauchissant par la subtile addresse,
Du Prince Souriquois, *à son fils il s'addresse,*
Son fils Actaudinech', *lequel il aime mieux*
Que toutes les beautez de la terre & des cieux
Ce coup doncqnes perçant le détroit de sa manche
Vite comme vn éclair luy porta dans la hanche:
Dequoy tout effrayé le Prince Membertou,

Il se

Il se remet aux ieux du monstrueux Gougou
Le duel ancien qu'en sa jeunesse tendre
Iadis son pere osa hazardeux entreprendre,
Et redoublant sa force il étendit son bras,
Et le fendit en deux de son fier coutelas.
Et comme vn chene haut abbatu de l'orage
Traine en bas quant & soy son plus beau voisinage,
Ainsi Mnesinou mort, maint des siens alentour
Alla voir de Pluton le tenebreux sejour.
L'Armouchiquois pourtant ne laisse de poursuivre,
Aimant mieux là mourir que honteusement viure
S'il arrivoit jamais que Membertou veinqueur
Leur laissat du combat l'eternel des-honneur.
Ainsi se r'assemblans font des stares diverses
Et à leur ennemi donnent maintes traverses.
Car jusques là n'avoient encor esté rangés,
Occasion que mal ilz s'estoient revengés.
Bessabés & Marchin ont les pointes premieres,
Qui venans attaquer avec leurs bendes fieres
Le chef des Souriquois, vne grele de dars
En l'vn & en l'autre ôt tombe de toutes pars.
La clarté du soleil en demeure obscurcie,
Et le nombre des traits toujours se multiplie.
A cette charge ici quelques vns sont blessés
Parmi les Souriquois : mais plus de terrasses
Sont de l'autre côté : car de ceux-ci les fleches
A pointes d'os, ne font de si mortelles breches
Comme de ceux qui sont plus voisins des François
Qui des pointes d'acier ont au bout de leurs bois,
Toutefois de nouveau voici nouvelle force (force.
Qui des Membertouquois les bras, non les cœurs,
Go, go, go, c'est leur cri, Abejou, Olmechin,
Le fort Argostembroet, & le fier Bertachin

Ceci est vne feinte Poëtique. Voy l'Histoire du Gougou ci dessus liv. 3. ch. 28.

Nouvel effort des Armouchiquois.

Les Souriquois sont plus voisins de la France que les Armouchiquois.

E

En sont les conducteurs, qui de premiere entrée
Du vaillant Messamoet *la troupe ont rencontrée,*
Messamoet *(qui jadis humant l'air de la France*
Avoit de guerroyer reconu la science
Parmi les domestics du Seigneur de Grand-mont)
Apres mainte bricole avoit gaigné le mont
D'où il pensoit avoir un facile avantage
Pour mettre sans danger l'adversaire en dommage.
Mais cetui-ci rusé loin de là declina,
Et le gros escadron des Souriquois *mena*
Poursuivant vivement jusques dessus l'orée
Où deux fois chaque iour se hausse la marée,
Là Neguioadetch' *mere du decedé*
Apres avoir long temps le combat regardé,
Voyant en desarroy de Membertou *la troupe*
Elle se met à terre, & sort de sa chaloupe,
Afin de donner cœur aux soldats étonnés
Qui leur premiere aßiette avoient abandonnés.
Et comme des Persans les meres & les femmes
Iadis voyans leurs fils & leurs maris infames
S'enfuir du Medois qui les alloit suivant,
Courageuses soudain allerent au-devant,
Sans honte leur montrer de leurs corps la partie
Par où l'homme reçoit l'entree de la vie,
Les vnes s'écrians: Quoy doncques voulez vous
Vous sauver ci-dedans pour eviter les coups
De cil qui vous poursuit? Les autres d'autre sorte
Crians à leurs enfans: R'entrez dedans la porte
Du logis dans lequel vous avés esté nés,
Ou contre l'ennemi promptement retournés.
Eux d'vn spectacle tel se trouvans pleins de honte,
Vn sang tout vergongneux à l'heure au front leur (mōte,
Si bien que retournans leurs faces en arriere

Souriquois repoussez. La mere de Panoniac estoit allée à la guerre.

A l'Empire Medois mirent la fin derniere.
Ainsi fit cette mere en voyant le danger
Où alloit Membertou & les siens se plonger.
Neguiroët son mari ores paralytique,
Mais qui de bien combattre entendoit la pratique,
S'y estoit fait porter : & bien reconoissant
Le desastre prochain qui les alloit pressant
S'il ne leur arrivoit quelque nouvelle force,
Se fait descendre à terre, & lui-méme s'efforce
De marcher au combat, afin de là mourir
S'il ne pouvoit au moins ses amis secourir.
Estant au milieu d'eux il leur donne courage
Et les conjure tous de venger son outrage.
Mes amis (ce dit-il) vous ne combattez point
Pour le fait seulement, helas! qui trop me point.
Il y va de l'honneur, il y va de la vie:
Ces deux ici perdus, la perte en est suivie
Des soupirs & regrets des femmes & enfans
De qui nos ennemis s'en iront triomphans
Tout ainsi que de nous. Ayez doncques courage,
Je les voy ja branler : c'est-ici bon presage.
A ces mots Membertou fait tirer les Mousquets
Qu'au partir les François lui avoient tenus prets.
Chkoudun en fait autant (car il a eu de méme
Deux Mousquets pour autāt que les François il aime)
Lesquels estoient parez pour la necessité
Comme un dernier remede au corps debilité.
Aux coups de ces batons en voila dix par terre.
Et le reste effrayé au bruit de ce tonnerre.
Abejou, Chitagat, Olmechin, & Marchin
Quatre des plus mauvais de ce peuple mutin
A ce choc sont tombés. Chkoudun qui a memoire
Du coup qu'il a receu ne veut point que la gloire

Grand courage d'un homme impotent.

Chance tournée contre les Armouchiquois.

Effect des coups de Mousquets.

En demeure au donneur, mais d'vn trait dõne-mort
Valeureux il attaque Argostembroet le fort,
Et presse le surplus d'vne roideur si grande,
Qu'au seul bruit de son nom l'ennemi se debende.
Déroute des Armouchiquois.
Membertouchis aussi l'ainé de Membertou
A l'aile de son pere assisté de Kichkou,
Se faisant faire jour d'un coup trois en renverse,
Et ja deça, delà, tout est à la renverse.
A cinq cens pas plus loin se trouvans Ouzagat,
Et Anadabijou empechés au combat,
Ilz furent secourus par la troupe hardie
De Panoniagués, qui bien-tot fut suivie
D'Oagimech' & les siens; si bien qu'en peu de temps
L'ennemi fut fauché comme l'herbe des champs:
Entière déroute.
Car tout ce qui restoit, quoy que puissant en nõbre,
Ne porta gueres loin le malheureux encombre
Qui l'alloit tallonnant: d'autant que Oagimont
Avec Memembouré estant au pied du mont
Que nagueres i'ay dit, les fuyars attendirent,
Et valeureusement poursuivans les battirent.
Mais Oagimont s'estant eloigné de son parc,
Trop prompt, y fut blessé grievement d'vn trait d'arc.
Memẽbouré (trop chaud) préque en la méme sorte
L'ennemi poursuivant y eut la jambe torte,
Ce qui plusieurs en fit de leur mains échapper,
Mais ne peurent pourtant leur ennemi tromper.
Polygamie.
Car Etmeminaoet l'homme qui de six femmes
Peut, galant, appaiser les amoureuses flammes,
Et Metembroebit, Medagoet, Chichcobech'
Bituani, Penin, Actembroé, Semcoudech',
Tous vaillans champions, soldats, & Capitaines
Acheverent du tout ces races inhumaines.
Victoire sans perte
Mais ce qui est ici digne d'étonnement,

C'est que des Souriquois *n'est mort un seulement.*
L'Armouchiquois *éteint, cette armée defaite,*
Membertou *glorieux fait sonner la retraite,*
On trouve de blessés encores Pechkmeg,
Oupakour, Ababich', Pitagan, Chichkmeg,
Vmanuet, & Kobech', *dont les playes on pense,*
Tandis que du butin d'autre côté l'on pense.
La cure en est sommaire. Entre eux est un devin,
(Ignorant toutefois) qu'on appelle Aoutmoin.
Cetui prognostiqueur de l'état du malade
Feint vers quelque demon pour lui faire ambassade,
Et selon sa reponse, en ceci comme en tout,
Il iuge s'il sera bien-tot mort ou debout.
Avec ce de la playe il va suçant le sang,
Il la souffle, & soufflant il s'émeut tout le flanc:
Ceci fait, il applique au dessus de la playe
Du roignon de Castor: & par ainsi essaye
(Le bendage parfait) son malade guerir.
Le butin recuilli, avant que de partir
Des chefs Armouchiquois *ils enlevent les tétes*
Pour en faire au retour maintes joyeuses fétes.
Ia ilz sont à la voile, & approchent du port
Où ilz doivent donner à leurs femmes confort,
Lesquelles aussi tot que de leur arrivée
Elles ont eu nouvelle, aussi-tot la huée
Elles ont fait de loin, desireuses sçavoir
Quel avoit esté là de chacun le devoir.
Et en ordre marchans, qui en main une masse,
Qui un couteau trenchant (ayans toutes la face
De couleurs bigarée) elles s'attendoient bien
Toutes sur l'heure avoir un Armouchiquois *sien,*
Afin d'en faire tot cruelle boucherie,
Mais sans cela convint faire leur tabagie.

Les blessez.

Maniere de guerir les blessez.

Tétes des veincus enlevées.

Reception des victorieux.

Tabagie c'est festin.

Et apres le repas la danse s'ensuivit,
Qui dura tout le jour, & qui dura la nuit,
Et toujours durera en s'écrians sans cesse,
Chantans de Membertou *la valeur & proüesse*
Tant que leur estomach la voix leur fournira,
Ou que quelque mal-heur reposer les fera.

LA TABAGIE† MARINE

† C'est Bāquet. Voy le ch. 18. ci-dessus. liv. 4.

Voy le ch. 22. liv. 6.

COMPAGNONS, *où est le temps*
Qu'avions nôtre passe-temps
A descendre au plus habile
Sur le pié ferme d'une île,
Fourrageans de toutes pars
Deça & delà épars
Parmi l'epés des fueillages
Et des orgueilleux herbages
L'honneur des jeunes oiseaux
Qu'enlevions à grans troupeaux,
Le gros Tanguen, la Marmette,
Et la Mauve & la Roquette,
Ou l'Oye, ou le Cormorant,
Ou l'Outarde au corps plus grand.
Ça (ce disoi-ie à la troupe)
Emplissons nôtre chaloupe
De ces oiseaux tendrelets,
Ilz valent bien des poulets.
Dieu! quelle plaisante chasse.
Amasse, garson, amasse,
Portes-en chargé ton dos,
Tu es alaigre & dispos,
Et revien tout à cette heure

Prendre pareille mesure,
Ne cessant jusques à ce
Que nous en ayons assé:
Car nous pourrions de cette ile
Fournir vne bonne ville.

Ie voudroy m'avoir couté
Vn Karolus bien conté,
Et estre en cet equipage
Avecque tout ce pillage
Au beau milieu de Paris,
O que i'y auroy d'amis,
Qui pour avoir pance grasse
Me suivroient de place en place.

Qu'on ne parle maintenant
Que des iles du Ponant.
Car les iles Fortunées
Sont certes infortunées
Au pris de celles ici,
Qui nous fournissent ainsi
Pour neant ce que l'on achete
Au quartier de la Huchette,
Ou ailleurs bien cherement.
Ie ne sçay certainement
Comme le monde est si béte
Que païs il rejette,
Veu la grand' felicité
Qui s'y voit de tout côté,
Soit qu'on suive cette chasse,
Soit que l'Ellan on pourchasse,
Ou qu'on vueille de poisson
Faire en eté la moisson.
Car quant est des paturages
Il n'y manque point d'herbages

Voy les ch. 2. & 7. du 3. liv. pag.

Pour nourrir vaches & veaux,
Ce ne sont rien que ruisseaux,
Lacs, fonteines, & rivieres
(De tous biens les pepinieres)
En ce païs forétier.
Il y a mines d'acier,
De fer , d'argent, & de cuivre,
Asseurez moyens de vivre,
Quand en train elles seront,
Et par le monde courront.
La terre y est plantureuse
Pour rendre la gent heureuse
Qui la voudra cultiver.
Il ne reste que trouver
Bon nombre de jeunes filles
A porter enfans habiles
Pour bien-tot nous rendre forts
En ces mers, rives, & ports,
Et passer melancholie
Chacun avecque s'amie
Pres les murmurantes eaux,
Qui gazoüillent par les vaux,
Ou à l'ombre des fueillages
Des endormáns verd-bocages,
Par mon ame ie voudroy
Que dés ore il pleût au Roy
Me bailler des bonnes rentes
En ma bourse bien venantes
Tous les ans dix mille escus,
Voire trente mille & plus,
Pour employer à l'usage
D'vn honéte mariage,
A la charge de venir

En ce païs me tenir,
Et y planter vne race,
Digne de ſa bonne grace,
Qui ſervice luy feroit
Tant qu'au monde elle ſeroit,
Quittant du barreau la lice,
Et du monde la malice,
Et les injuſtes faveurs
Des hommes de qui les cœurs
S'enclinent à l'apparence
Pour opprimer l'innocence.

Voy le ch. 9. du liv. 4.

De tels & autres propos
I'entretenoy mes diſpos
Tandis que chacun ſa proye
Diligent à bort envoye.
Devinez ſi au repas
Grand' chere ne faiſions pas.
Car avec cette viande
D'elle-méme aſſez friande
Nous avions abondamment
De poiſſon pris frechement.

A bort, c'eſt à dire dans la barque.

Qand ores en ma memoire
Se ramentoit cette hiſtoire,
Ie regrette ce temps là
Qui nous fourniſſoit cela.
Car dés long temps la pature
De ſalé nous eſt ſi dure,
Que nos eſtomachz forcés
En demeurent offenſés.

Pourtant ie ne veux pas dire
Que les maitres du navire
Meßieurs les aſſociés
Ne ſe ſoient point ſouciés

D'envoyer honétement
Nôtre rafraichissement.
Mais certaines gourmandailles
Ont mangé noz victuailles,
Noz poules & noz moutons,
Et grappillez noz citrons,
Nôtre sucre, noz grenades,
Nos epices & muscades,
Ris, & raisins, & pruneaux,
Et autres fruits bons & beaux
Vtiles en la marine
Pour conforter la poitrine.
Vous sçavés si ie di vray,
Capitaine Papegay.
Si jamais ie suis grand Prince
En cette ou autre province
Oncq' enfant ne regira
Ce que ma nef portera.
Mais ne laissons ie vous prie
De mener joyeuse vie,
C,a, garson, de ce bon vin
Du cru de Monsieur Macquin,
Et buvons à pleine gorge
Tant à luy qu'à Monsieur George.
Ce sont des hommes d'honneur
Et d'vne agreable humeur,
Car ilz nous ont l'autre année
Fourni de bonne vinée,
Dont le parfum nompareil
A garenti du cercueil
Plusieurs qui fussent grand'erre
Allé dormir souz la terre.
Et ne trouve quant à moy

Ce sont des bourgeois honorables de la Rochelle.

Drogue de meilleur aloy
En nôtre France-Nouvelle
Pour braver la mort cruelle,
Que vivre joyeusement
Avec le fruit du sarment.
Est-ce pas donc bon ménage
D'avoir vn si bon bruvage
Iusques ores conservé?
Car ici n'avons trouvé
Que bien petite vendange,
Ce qui nous est bien étrange.
Car le cidre Maloin
Ne vaut pas du petit vin.
Mais ayons la patience
Que soyons rendus en France.
Approche de moy, garson,
Et m'apporte ce jambon,
Que i'en prenne vne aiguillette,
Car ce lard point ne me haite.
I'aimeroy mieux voir noz plats
Garnis de bons cervelats,
De patés & de saucisses
Confits en bonnes epices,
Que de cette venaison
Dont ie n'ay nulle achoison,
Non plus que de ces moruës
Qui sont toutes vermoluës.
Certes le maitre valet
Meriteroit vn soufflet
De nous bailler tout du pire
Qui soit dedans ce navire.
Car nous devrions par honneur
En tout aveir du meilleur.

Bien nous valut d'avoir esté bons menagers.

Otez nous tant de viandes,
Et apportez des amandes,
Pruneaux, figues & raisins,
Et buvons à noz voisins.
Ça toute la pleine tasse,
C'est à vôtre bonne grace,
Capitaine Chevalier.
Si dedans vôtre cellier
Avez quelque friandise,
Faites que de vous l'on dise
Que vous estes liberal,
Honéte, & d'un cœur Royal.
Maitre tenez vous en garde,
C'est à vous que ie regarde
Ayant les armes en main.
Plegez moy le verre plein.
Cette derniere nuitée
Vous a un peu mal traitée.
Il y vint un coup de mer
Qui pensa nous abymer.
Mais vous fites diligence
De parer à la defense.
Dieu garde le bon IONAS†
De tout violent trépas,
Car s'il tomboit en naufrage
Nous y aurions du dommage,
Et m'étonne infiniment
Que cet humide element
De ses eaux ne nous accable,
Veu que le nom venerable
De Dieu y est blasphemé
D'un langage accoutumé,
Sans crainte de ses menaces.

C'est le maitre cõducteur du navire Nicolas Martin.

† C'est le nom de nôtre navire.

Neantmoins rendons lui graces,
Et avec contrition
Demandons remißion
De noz fautes: & ſans ceſſe
Soit loüée ſa hauteſſe. Amen.

Cherchant deſſus Neptune vn repos ſans repos
I'ay façonné ces vers au branle de ſes flots.

M. LESCARBOT.

L'AVTHEVR N'AYANT PEV *estre present au commencement de l'impreßion, quelques fautes sont suruenues en icelle, telles que s'ensuit.*

Page 2. ligne qui commence *en*, pour boule, lisez (païs.
p. 6. l. *mil* pour 1503. (1603.
p. 8. l. *que* eroy (croy.
Ibid. sions (sons.
p. 64. l. *&* terte (trente.
p. 82. *qui* ibid. lisez (qu'ils.
Ibid. l. ilz *adioustez* (se
p. 89. l. *com.* cers (cerfs.
p. 91. l. *derniere* guerison (guerre.
p. 101. l. *vriers.* lisez (prindrent le loisir d'egrener.
p. 168. l. 3. lisez (decouvroient.
p. 171. l. *qu'il* ne (en.
p. 180. l. *les* tant (temps.
p. 181. l. *Eleur* ce (de.
p. 205. l. *au* XXIV. (IV.
p. 209. l. 2. (depourveuz.
p. 221. l. pendre (prendre.
p. 276. l. 3. (representé.
p. 472. l. *sus* lisez (l'amméner.
p. 479. *à la fin* (Septentrionales.
p. 489. l. 6. (ravassemens.
p. 490. l. *ex* à (de.
Ligne suiuante. etat (estant.
p. 498. l. *retour* (mémemét.
p. 519. l. *con.* de (ce.
p. l. 529. l. *autre.* anté (enté.
p. 545. l. *inf.* lisez (Quoy? vous.
p. 551. l. *il* (tendre.
p. 554. l. *en* (les quittoit.
p. 556. l. *icelles* en (de.
p. 557. l. *pres* à (là.
Lig. suiv. (Sauvages.
p. 568. l. 2. (retirer.
p. 570. l. *&* (à des Sau.
p. 574. l. 5. (oraisons.
p. 579. l. *plus*..de (&.
p. 597. l. *à* rive (riviere.
p. 598. l. *gestes.* en (à.
Ibid. l. *livre.* suivant (VI. ch. 25.
p. 604. l. 2. se prendre (s'épandre.
p. 609. l. *faute.* dix (deux.
p. 613 l. 1. *me.* adjoûtez (*pro.*
Ibid. l. *sis.* equidem (quidem.
p. 614 l. *eius.* lisez (itâque.
p. 625. l. *le pois.* ibid. (le païs.
p. 636. l. 1. images (nuages.
p. 803. l. 1. matiere (maniere.

www.ingramcontent.com/pod-product-compliance
Ingram Content Group UK Ltd.
Pitfield, Milton Keynes, MK11 3LW, UK
UKHW020412230726
13925UKWH00004B/1370

9 782013 674652